Mañanaland

PAM MUÑOZ RYAN

Mañanaland

SCHOLASTIC INC.

Originally published in English as *Mañanaland*

Translated by Alberto Jiménez Rioja

Copyright © 2020 by Pam Muñoz Ryan
Translation copyright © 2020 by Scholastic Inc.

ISBN 978-1-338-67009-7

10 9 8 7 6 5 4 3 2 1   20 21 22 23 24

Printed in the U.S.A.   40
First Spanish printing, 2020

Book design by Marijka Kostiw
Edited by Tracy Mack

A mi madre,
Esperanza "Hope" Muñoz Bell,
por protegerme
sin medida.

AYER

Uno

En algún lugar de América, décadas después de "érase una vez" y muchos años antes de "y vivieron felices", un muchacho subía los escalones empedrados de un puente en forma de arco del diminuto pueblo de Santa María, situado en el país del mismo nombre.

Hacía rebotar la pelota de fútbol en cada escalón.

De la tierra de los cien puentes, este se había convertido en su favorito. Cuando era bebé, Papá, maestro cantero y constructor de puentes, grabó su nombre en uno de los laterales para que todos lo vieran.

MAXIMILIANO CÓRDOBA

Lo que más le gustaba del puente era la subida.

Al llegar arriba, le encantaba ver la pasarela peatonal que cruzaba el río Bobinado como un callejón largo y escabroso. Correteó hasta el centro del puente, empujando la pelota con los costados de sus polvorientas sandalias huaraches.

Aquí, sobre la clave, la piedra superior del arco, veía su mundo desplegarse ante él y el río de Santa María serpentear, alejarse, acercarse otra vez con un meandro y girar de nuevo para perderse a lo lejos. Imitó con la mano el errático curso que zigzagueaba entre islotes y peñascos. ¿Por qué sería tan indeciso el río Bobinado?

Miró hacia atrás para asegurarse de que Papá no estaba cerca.

—Érase una serpiente gigantesca —susurró—, ancha como veinte casas y larga como tres estados, incapaz de decidir si reptaba al oeste hacia el océano o al este hacia los montes. En cuanto elegía una dirección, la otra le parecía mejor. Iba de un lado para otro, culebreando por la tierra y perforando un enorme barranco a su paso. Ese barranco acabó por llenarse de lluvia y convertirse en río.

Max sonrió, satisfecho. Este era su lugar preferido para inventarse historias y pensar en cosas serias y desconcertantes: cuánto tardaba uno en hacerse mayor y ser adulto, qué habría más allá del horizonte, por qué se había marchado su madre y si la conocería alguna vez.

Sabía que a Papá no le gustaban nada las grandes preguntas, sobre todo las referentes al pasado y al futuro. Daba la impresión de que algunas hasta le hacían daño. Ya había perdido la cuenta de las veces que le había repetido: "O te mantienes firme en la realidad de hoy o el mañana te defraudará".

Olvidó por un momento las palabras de su padre y contempló el pueblo. Las casas más prominentes —verdes, amarillas, azules— abrazaban las riberas. El chapitel de la iglesia, Nuestra Señora de los Dolores, apuntaba al cielo. Huertos de cítricos y campos de vides bordeaban las afueras. Al pie de las colinas, entre caminos de tierra, modestas casas de piedra blanca se acurrucaban como palomas soñolientas. Se acercó la mano a la frente para protegerse del sol hasta divisar la suya. ¿Estaría ya Buelo preparando la cena, con Lola al lado pidiéndole las sobras?

Dejó vagar la mirada hacia lo alto, hacia el abrupto precipicio en cuya cima se cernía un torreón de piedra. Todos llamaban a esa gran torre La Reina Gigante porque semejaba la pieza de un inmenso ajedrez. Le encantaba que desde cualquier parte del pueblo podía ver al menos su corona de almenas, como si la Reina estuviera siempre pendiente de él. Hasta tenía el vago recuerdo de estar sentado a sus pies bajo una lluvia de pétalos rojos. ¿Lo habría soñado?

En sus tiempos, el palacio que rodeaba La Reina Gigante era también majestuoso, pero eso fue mucho antes de que los cañonazos de antiguos ejércitos arrancaran los tejados, un terremoto derribara buena parte de los muros y una guerra en Abismo, el país vecino, obligara a multitud de abismales a huir de un dictador y esconderse en esas ruinas. Según algunos, "los escondidos" eran pobres inocentes, mujeres y niños; según otros, malvados criminales, sucios pordioseros y, en fin, indeseables.

Como nadie había visto a ninguno, no podían asegurar nada, pero se rumoreaba que año tras año sus espíritus regresaban bajo las alas del halcón peregrino. A veces, cuando la espesa niebla envolvía las colinas en un sudario y Santa María guardaba silencio, se oían los murmullos de sus fantasmas suplicando amparo y guía a La Reina Gigante, como si fuese un santo o un ángel de la guarda. *Todos* conocían a alguien que conocía a alguien que los había oído.

La propiedad que circundaba la torre y las ruinas del palacio estaba cercada, abandonada y vedada. Solo Papá tenía permiso del alcalde para requisar escombros con el propósito de construir nuevos puentes. Desde muy pequeño, Max le había rogado a su padre que lo dejara acompañarlo para ver de cerca La Reina Gigante y las ruinas. Si se convertía en el primer muchacho en cruzar las puertas del embrujado recinto, ¡sus amigos lo considerarían un héroe! Que Papá no creyese en fantasmas no significaba que allí no los hubiera. Quizá este verano lo llevaría por fin: casi *tenía* doce años.

Se apoyó en los sillares que coronaban el pretil, cálidos al sol de la tarde, y esperó la llegada de Papá. En el río vio el reflejo de la mitad de su cabeza: una maraña de rizos negros, cejas pobladas y ojos color caramelo. Buelo los llamaba "ojos de tigre" y decía que eran señal de fuerza y determinación. Según Chuy eran ojos de leche quemada, su dulce favorito, hecho de leche y azúcar morena. Para ciertos compañeros de escuela eran ojos de diablo; aunque Max trataba de no hacerles caso, se preguntaba si sabrían algo que él no supiera. ¿Sería mala persona? Fuera como fuese, eran los ojos de su mamá y una de las dos únicas cosas que conservaba de ella. La otra era una pequeña brújula de plata que colgaba de un cordón de cuero. Se dio unas palmaditas en el pecho para comprobar que esta continuaba bajo su camisa.

Arrojó un guijarro al río y dejó que las ondas

del agua sustituyeran sus tristes pensamientos por otros más alegres. La escuela se había acabado y las pruebas para llegar a formar parte del equipo de fútbol del pueblo serían dentro de cinco semanas. Al igual que sus mejores amigos, soñaba con entrar al equipo.

Tomó la pelota y comenzó a lanzarla contra el pretil y a atrapar los rebotes. Las rugosidades de la piedra la enviaban en direcciones impredecibles, lo cual lo obligaba a volar y anticiparse. Pateó duro y, cuando la pelota golpeó la pared y regresó como una flecha, la atrapó sin problemas.

—¡Bravo! —gritó Papá—. Pero no estropees el pretil: tendría que repararlo.

Las mejillas del hombre se encendieron en círculos rojizos y su frente lució las eternas arrugas de preocupación.

—Ya sabes que no pateo tan fuerte como tú —contestó Max.

Papá era macizo y ancho de hombros, un muro

resistente y musculoso. Él y Buelo habían sido porteros de la selección nacional de Santa María, y Max quería llegar a ser lo mismo de mayor. Ya casi era tan alto como ellos, aunque muy flaco.

Pateó la pelota y la atrapó con las manos.

—¿Te acuerdas de que las pruebas son el mes que viene?

—Cuesta olvidarse cuando no haces más que recordármelo —dijo Papá, casi sonriente.

—Es que... los botines de fútbol *casi* no me sirven y dentro de nada voy a tener que arreglarles las puntas. Si tuviera unos Volantes, de esos que tienen las alas geniales en el costado, *seguro* que me seleccionaban para el equipo —explicó Max, y miró a su padre, esperanzado.

—Tus botines están bien de momento, y llevar unos caros que no podemos permitirnos no te hará jugar mejor. Las desilusiones provienen de desear lo que no puedes...

Antes de que Papá pudiera terminar, un halcón bajó en picada hacia ellos, con las alas en forma de hoz desplegadas y tensas y la cabeza con el ganchudo pico estirada; pasó tan bajo que los obligó a agacharse. Ambos se protegieron del sol con la mano para observar fascinados el silente vuelo.

—¡Qué grande es! —exclamó Max mientras el ave se elevaba ayudada por una corriente de aire.

—Un halcón peregrino —dijo Papá—. Una hembra que regresa al nido.

"¿Qué espíritu traerá bajo sus alas?", se preguntó Max.

—Dicen que... —empezó, pero lo pensó mejor y prefirió no hablar de la superstición—. Dicen que vuelven al mismo sitio año tras año.

—Así es —contestó Papá—, pero hace mucho que no veía un halcón tan grande, y es un poco tarde para anidar. Otros ya han venido y se han ido. —Le pasó un brazo por los hombros a su hijo y lo abrazó—. Vámonos, tortuga.

—¿Me estás diciendo "lento"? —Max regateó a través de la pasarela del puente y volteó la cabeza—. Voy a la chancha a ver a Chuy, pero *seguro* que llegaré a casa antes que tú, ¡porque te paras a chacharear con todo el mundo!

—Está bien, pero no te desvíes. Buelo fue a pescar esta mañana y tendrá lista la cena dentro de una hora o algo así. ¡No me hagas ir a buscarte!

—¡De acuerdo! —gritó Max.

Hacía poco que Papá lo dejaba ir solo hasta la cancha y no pensaba darle motivo para que le quitara esa pequeña libertad ni para enojarlo. Era sábado; las noches de sábado Papá salía con sus amigos y él se quedaba con Buelo, y así debía continuar.

Al llegar al extremo del puente, se sintió tan libre como el halcón peregrino. El verano se desplegaba ante él como el cielo infinito. Disponía de meses enteros para nadar en la poza secreta, jugar fútbol con sus amigos y prepararse para las pruebas. Esa noche se iría a dormir con la panza llena de pescado tras una velada en la que intercambiaría cuentos con Buelo, historias fantásticas sobre dragones y serpientes, monstruos fluviales y todo tipo de duendes...

Apretó la pelota contra su pecho y corrió hacia la ribera, bajando los escalones de dos en dos.

De su puente, le gustaba hasta la bajada.

Dos

La cancha era más un terreno baldío que una extensión de césped, pero bastaba para entrenar y para los partidos menores; los importantes se jugaban en la escuela secundaria, a unos kilómetros de allí.

Un grupo de muchachos calentaba, pasándose la pelota de una rodilla a otra o uno a otro. Ahora que Max y la mayoría de sus amigos iban a cumplir doce años, podían presentarse a las pruebas para el equipo local de Santa María. A todos en el pueblo les encantaba el fútbol, y el equipo local había ganado los dos últimos campeonatos regionales. Este año la liga iba a enviarles un nuevo entrenador. Todos estarían pendientes de él y de sus jugadores.

Chuy le hizo señas para que entrara al campo.

—¿Qué le pasó a tu pelo? —inquirió Max.

El día anterior, aquel pelo era como el suyo, una maraña de rizos; ahora se había convertido en una pelusilla pegada al cráneo.

—Lo tenía tan largo que mis hermanas querían hacerme trenzas.

Max se rio. Se imaginó a las tres niñas trenzándole el pelo a su amigo. Aunque a veces eran muy pesadas y Chuy se quejaba de ellas continuamente, a Max le hubiera encantado tener a una hermana o un hermano pequeño para contarle cuentos, llevarlo a caballito y compartir secretos.

Chuy se pasó la mano por la cabeza rapada.

—Además, no quiero que nos confundan.

—¡Eso sería imposible! —exclamó Max.

Chuy era ancho de hombros y macizo hasta los huesos, como un aguacate recién caído del árbol. Max era la hoja puntiaguda de un agave.

—Vamos.

Chuy lo condujo hasta el mediocampo, donde Ortiz y Guillermo pateaban pelotas de un lado a otro.

—¡Max! —llamó Ortiz—. ¡Ven a presentarle tus respetos al Gran Ortiz!

Al muchacho le encantaba recordarles a los

otros chicos que era el hijo de un concejal, vivía en la casa más grande del pueblo y les llevaba casi un año. Además, la voz acababa de cambiarle y parecía la de un hombre. Por si fuera poco, superaba en estatura a sus compañeros por una cabeza, tenía los muslos recios y musculosos y le crecía una sombra de bigote.

—¿El gran *qué*? —replicó Max—. ¿Fanfarrón?

Los demás se rieron porque el calificativo era cierto. Ortiz se encogió de hombros.

—Si eres el mejor, debes decírselo al mundo —objetó, y señaló a Max con un dedo—. Ya lo verás. Vamos a jugar.

Chuy levantó la mano.

—¡Muy bien, escuchen! Ortiz y Max serán los porteros. ¡Mi talento en la cancha es demasiado grande como para malgastarlo en atajar pelotas!

Los muchachos lo abuchearon y se apresuraron a sortear los equipos.

Max y Ortiz se situaron en los extremos de la cancha, bajo porterías improvisadas con trozos de madera claveteados. Alguien colocó la pelota en el centro de la cancha e hizo el saque inicial. Los jugadores corrían sin parar, algunos descalzos, otros con zapatillas raídas sin cordones o con huaraches, como Max, ya que reservaban sus botines de fútbol para los verdaderos partidos de la temporada. Max atajaba casi todos los tiros; Ortiz casi ninguno, pero cuando se hacía con la pelota, sus voleos eran más potentes y largos.

Jugaron hasta que empezó a oscurecer. Entonces, Max, Ortiz, Guille y Chuy se reunieron en torno a un viejo grifo que salía del suelo y bebieron grandes tragos de agua.

—Traigo noticias. Mi padre habló con... —anunció Ortiz mientras se dirigían juntos hacia el puente.

—Shhh... —siseó Guille, extendiendo los brazos para detener a sus amigos, y señaló un árbol que se arqueaba sobre la carretera—. Miren.

El halcón estaba posado en una rama, con el pecho hinchado, arreglándose las plumas con el pico.

—Es un halcón peregrino hembra. Lo vi antes —dijo Max en voz baja.

El ave se inclinó hacia ellos.

—Nos está vigilando —susurró Chuy.

—Es enorme —murmuró Ortiz.

—No te preocupes. Solo come palomas —dijo Max, dándole un codazo al chico.

Mientras se acercaban con cautela, el halcón desplegó las alas y se elevó, describiendo un arco elegante y lánguido, con las patas amarillas como flechas clavadas bajo la cola en abanico, y voló hacia La Reina Gigante.

—Trajo espíritus de los escondidos. Eso dice mi hermano —declaró Guille en tono lúgubre.

Ortiz hizo una mueca.

—¡Te lo crees todo! —exclamó.

Guille negó con la cabeza.

—Los escondidos *existieron*. Los guardianes los ayudaron a escapar de Abismo y sus espíritus regresan todos los años bajo las alas del halcón peregrino —añadió.

—Guille tiene razón —dijo Max—. Huyeron de Abismo para escapar de un dictador cruel. Los valerosos guardianes los trajeron a Santa María para protegerlos.

Max sonrió al recordar que Chuy y él solían ponerse capas y antifaces para disfrazarse de guardianes de los escondidos. Agarró un palo, lo blandió a modo de espada y se lanzó hacia delante. Chuy tomó otro y lo esgrimió contra un atacante imaginario.

—Los guardianes iban disfrazados y eran invencibles —dijo—. Se enfrentaban a cualquier peligro para ayudar a los necesitados.

—¡Paren! —protestó Ortiz—. Parecen niños de cinco años. ¿Quieren saber la verdad?

—Esa es la verdad —aseveró Max.

Ortiz meneó la cabeza.

—Mis padres dicen que los escondidos eran peligrosos, asesinos y ladrones, lo peor de lo peor —replicó—. ¿Por qué creen que los expulsaron de su propio país? Nadie ha visto a ninguno viviendo en

Santa María, ¿verdad? Eso se debe a que si hubieran dado la cara, los habrían echado del pueblo.

Chuy meneó la cabeza.

—Pero los guardianes...

—Eran delincuentes también —dijo Ortiz—. Al proteger a los escondidos desobedecieron la ley. Si los hubieran atrapado, los habrían metido en la cárcel. Además, ¿qué más da? Eso es historia. ¿Es que a nadie le interesan *mis* noticias sobre el nuevo entrenador?

Max y Chuy soltaron los palos y se apiñaron a su alrededor para escuchar.

—Bueno, bueno —dijo Ortiz—. Mi padre le preguntó a mi primo, que dirige las academias de fútbol de Santa Inés y tiene amigos en la liga. Nuestro nuevo entrenador es Héctor Cruz.

Guille levantó un dedo.

—¿Héctor Cruz? ¡Es un fenómeno! Cuando jugaba como profesional, batió el récord nacional de goles en un partido de campeonato.

Guillermo podía ser el más pequeño y el más joven de los muchachos, apenas de la edad suficiente para presentarse a las pruebas de ese año, pero sabía de fútbol tanto dentro como fuera de la cancha.

—Déjame terminar —exigió Ortiz—. Tiene muchos contactos en los equipos de alto nivel, así que conviene impresionarlo. Mi primo dice que es muy estricto con las reglas; para inscribirse en las pruebas hay que tener la edad requerida y poder demostrar residencia.

—¿Y eso qué significa? —preguntó Max.

—Que la casa donde vives tiene que estar en Santa María y que al menos uno de tus padres debe vivir contigo. Así los niños de otros pueblos no podrán quitarnos los puestos. También tienes que demostrar cuándo naciste, para que nadie mayor pueda jugar en nuestra liga. No sería justo.

—¿Recuerdan cuando jugamos contra el Valencia? —preguntó Guille—. ¡Todos *sabían* que el delantero centro tenía más de once años!

—¡Ese tenía edad suficiente para manejar un carro! —exclamó Max.

—O para casarse —añadió Chuy entre risas.

—Pero ¿cómo lo demostramos? —inquirió Max.

—Con el certificado de nacimiento —respondió Ortiz—. Y luego hay que entrar en el equipo, claro. Habrá mucha competencia.

Todos asintieron.

—¿Alguien quisiera ir a entrenar mañana? —preguntó Chuy—. Max, quizá tu padre pueda venir a darnos unos consejos.

Max iba a contestar que sí, pero Ortiz levantó los brazos.

—¿Me dejan terminar? Iba a decirles que mi primo tiene plazas libres en una de sus academias de verano y necesita ocuparlas. Dice que puedo asistir desde este lunes hasta las pruebas y que puedo llevar a unos cuantos amigos. Gratis. Entre semana, iríamos y volveríamos en bus. ¿Se animan?

Max y Chuy se quedaron boquiabiertos. Las academias eran famosas por afinar habilidades —pases, gambeteos, saques— bajo la atenta mirada de entrenadores durante todo el día, cinco días por semana. Sus alumnos no podían sino cobrar ventaja sobre los demás.

—Convenceré a mis padres —aseguró Guille—. Yo me apunto, claro que sí.

—Yo también —se sumó Chuy.

—Daría *cualquier cosa* por ir. Preguntaré cuando llegue a casa —dijo Max.

Esperaba poder convencer a su padre, que siempre encontraba alguna razón para negarse.

—Yo voy a Santa Inés mañana domingo para pasar la noche con mi primo antes del primer día de academia. Héctor Cruz va a ir a cenar —fanfarroneó Ortiz—. Siempre viene bien conocer personalmente al entrenador, ¿no creen? Por eso el lunes no iré en el bus con ustedes, plebeyos.

Chuy miró a Max y puso los ojos en blanco.

Ortiz dejó caer la pelota y avanzó haciendo regates. Su juego de piernas era rápido. Mientras regresaba hacia ellos, pateó el balón con el empeine y lo atrapó con las manos.

—Pueden llamarme Nandito, el mejor jugador de todos los tiempos —dijo, e hizo una reverencia.

—Ortiz —dijo Max, riéndose—, más vale que te apures si pretendes ser como él. Empezó a jugar en el club profesional Los Lobos a los catorce años, y en la selección nacional, a los dieciocho.

—¡Tu abuelo jugó contra él en El Coliseo, el estadio gigante! —recordó Guille.

—Sí, en un partido de torneo —contestó Max.

Buelo aún guardaba en la cartera la manoseada foto donde Nandito y él se abrazaban.

—Y tu padre también jugó en la selección nacional —continuó Guille—. Todavía tiene dos récords imbatidos, uno por el mayor número de atajadas en una temporada y otro por el mayor número de atajadas en un torneo.

—Llevas el fútbol en la sangre —dijo Chuy.

Max rogó que fuese cierto y que ese talento no se hubiera saltado una generación. Si entraba en el equipo del pueblo y ganaban de nuevo el campeonato, su nombre y su foto saldrían en todos los periódicos. La gente lo reconocería, quizá hasta su madre.

—¿Y por qué no te pareces ni a tu padre ni a tu abuelo? —preguntó Ortiz—. Tú eres alto y flaco. Quizá deberías jugar básquetbol.

—No le hagas caso —dijo Chuy—. Llevas el talento en las venas. Este lo que quiere es eliminar contrincantes.

—Tu padre solo estuvo un año de profesional —comentó Guille—. ¿Se lesionó? No he visto en ninguna parte que se retirara.

—Nunca habla de eso —contestó Max, dudoso.

—Mi mamá dice que *dejó* el equipo porque conoció a tu madre. Y luego ella lo abandonó —dijo Ortiz—. Vaya historia de amor, ¿eh?

Max sintió un pinchazo en el corazón. Todo el mundo solía ser muy discreto con respecto al tema de su madre.

Chuy alzó las manos y resopló.

—Ortiz, ¿a ti qué te pasa? Tu mamá habla demasiado, ¡y tú igual!

—¿Qué dices? *Todos* saben que desapareció. En cualquier caso, ¿a quién se le ocurre *dejar* la selección nacional? —Ortiz gambeteó de un lado a otro de la carretera y volvió junto a ellos—. Sin embargo, ¡tu abuelo jugó con Nandito! No todos pueden decir eso. Voy a hacer una predicción: algún día *entraré* en la selección nacional y *ustedes* tres podrán decir que jugaron *conmigo*.

—O serás *tú* quien diga que jugaste con *nosotros* —replicó Chuy.

—No creo —contestó Ortiz, riéndose, y los adelantó a todo correr.

Chuy le pasó un brazo por los hombros a Max.

—¿Nos vemos mañana a la una? —le dijo—. Entrenaremos y haremos planes para el viaje a Santa Inés el lunes.

—Genial, ¿no? —dijo Guille, dándole un codazo a Max.

Max asintió y sonrió. Sí, lo era. Y aún más que dejaran de hablar de su madre. Cualquier referencia a ese tema lo ponía nervioso, igual que un juguete que había tenido de niño, una caja sorpresa, de la cual, al girar una manivela, saltaba un payaso de resorte cuando menos lo esperaba para burlarse de él con preguntas sin respuesta.

Tres

Max gambeteó por el polvoriento camino que conducía a su casa mientras recordaba la primera vez que la caja sorpresa se abrió de golpe.

Estaba en segundo grado, jugando a las canicas en el patio de recreo con un niño nuevo, después de clases. Todos los demás se habían ido a casa. Una maestra estaba sentada cerca, esperando con ellos a que vinieran a buscarlos.

—Mi mamá siempre llega tarde —dijo el niño—. ¿Dónde está la tuya?

—Vive muy lejos —contestó Max, frunciendo el ceño.

—¿Dónde?

Max se encogió de hombros. ¿Por qué no se lo había dicho Papá? El niño soltó una risa.

—¿No sabes dónde vive tu mamá?

La maestra se levantó de un salto, apartó al niño a un lado y le dijo algo al oído.

El niño asintió con solemnidad y volvió al juego.

—¿Qué te dijo? —le susurró Max.

—Que eres un pobre niño sin mamá y que hablar de ella es descortés.

—¿Por qué? —preguntó Max.

Había otros niños que tampoco vivían con sus padres.

El niño nuevo se encogió de hombros.

—Porque te pondrías triste y te sentirías inferior. ¿Jugamos al corre que te pillo?

Cuando empezaron a perseguirse, Max pensó en las palabras del niño. No sentía *tristeza*, sino un extraño *vacío* cubierto por un velo de secretos que nadie se atrevía a levantar, ni Papá, ni Buelo, ni los vecinos, ni los maestros. ¿Qué era lo que sabían que él ignoraba? Corrió tras su compañero de juegos mientras las palabras que acababa de escuchar hacían eco... *pobre... sin mamá... inferior.*

—¿Por qué se marchó mi mamá? —preguntó más tarde, cuando regresaba a casa con Buelo y Papá—. ¿A dónde fue? ¿Cuándo volverá?

Papá lo miró sorprendido.

—¿Por qué haces tantas preguntas, hijo?

Max repitió las palabras del niño. Papá se detuvo y se arrodilló frente a él, mirándolo desconsolado.

—Escucha, hijo, no tengo todas las respuestas. No sé dónde está ni si volverá alguna vez.

—Pero ¿la has buscado?

—Claro que sí. Nunca *he dejado* de buscarla.

—¿Para pedirle que vuelva y que seamos una familia?

Papá suspiró.

—Cuando crezcas te lo explicaré mejor, pero por ahora Buelo, tú y yo —añadió, llevándose la mano al corazón— *somos* una familia. —Se levantó y siguió caminando.

Buelo lo tomó de la mano.

—Ese es un tema muy doloroso para tu padre. ¿No te das cuenta?

Max asintió con la cabeza, y los ojos se le empañaron.

—Es que no sé nada de ella. No me acuerdo...

—¿Cómo ibas a acordarte? No llegabas ni al año cuando se marchó —dijo Buelo—. Tu papá te contará más cosas cuando los dos estén preparados. Hablaré con él. ¿Te parece bien?

Max asintió de nuevo, las lágrimas le rodaban por la cara.

—¿Se... se... se marchó por mi culpa? ¿Porque soy inferior?

Buelo lo atrajo hacia sí y le enjugó las lágrimas con un pañuelo.

—¿Inferior? Ni hablar. Nunca le has dado a nadie el menor motivo para marcharse. Lo único que le has dado a tu familia han sido alegrías. Si tu mamá viera lo bueno que eres, se sentiría orgullosa.

Max apoyó la cabeza en el pecho de Buelo.

—¿La conoceré algún día?

—Solo el mañana lo sabe. Ese lugar que llamamos "mañana" responderá a todas tus preguntas.

No era un gran consuelo, pero durante todo el camino a casa, Max se aferró a las palabras de su abuelo.

—Solo el mañana lo sabe —murmuraba.

Más tarde, al darle las buenas noches, Papá se sentó en la cama y le acarició el pelo.

—Siento haber sido tan brusco —le dijo—. Sé que quieres saber más cosas sobre tu madre. Se llama Renata Esteban Córdoba... y tú tienes sus mismos ojos. —Le puso la brújula con el cordón de cuero en la mano—. Esto era suyo, y antes perteneció a su madre, tu abuela. La conservaba con amor y siempre la llevaba puesta. Un día se le perdió y se entristeció mucho. Después de que se marchara, la encontré atascada detrás de un cajón de la cómoda. Tengo la esperanza de poder devolvérsela alguna vez. Hasta entonces, creo que le gustaría que la tuvieras tú.

En la penumbra, Max vio que su padre parpadeaba para contener las lágrimas. No quería lastimarlo, así que no hizo preguntas; solo se abrazó a su cuello.

Cuando Papá se hubo ido, examinó la brújula plateada con las iniciales para el Norte, el Sur, el Este y el Oeste. Al voltearla, la minúscula aguja tembló levemente. Grabada en el dorso, vio una elaborada rosa de los vientos con ocho flechas que indicaban ocho direcciones. Papá dijo que ignoraba si mamá regresaría. A lo mejor no quería volver hasta que la encontraran. Quizá esa brújula pudiera guiarlo hasta ella y sería él, *Max*, quien se la devolviera. Cuando lo conociese y se diese cuenta de lo bueno que era, quizá hasta volvía a casa.

Susurró su nombre una y otra vez para escucharlo de su propia voz.

—*Renata... Renata... Renata...*

El vacío que lo acompañaba desde hacía tanto tiempo se encogió un poco.

Cuatro

Antes incluso de llegar a la cancela del patio, Max sintió el olor a pescado con pimienta y pan recién horneado.

La cena y la ilusión por la academia de fútbol le restaron importancia a todo lo demás. Aun así, era consciente de que debía esperar el momento oportuno para pedir permiso.

Buelo había trabajado mucho durante el día. El patio estaba limpio de maleza, los arbustos podados y rastrillado el corral cercano donde se cobijaba su burra, Dulce; el pequeño establo tenía hasta paja nueva. Cuando Max abrió la cancela, Lola se abalanzó sobre él saltando y ladrando como si en lugar de horas llevase días sin verlo.

—¡Yo también te extrañé, chica!

Max acarició la cabeza blanca y negra y le plantó un beso en el enorme hocico. Lola se alejó disparada, regresó a toda prisa con un palo en la boca y le dio golpecitos en la mano. Max arrojó el palo lo más lejos que pudo, y la perra corrió en su busca.

Buelo salió cojeando de la pequeña casa de piedra. Pese a su bastón, le gustaba decir que era tan fuerte como Dulce, aunque algo más lento. Llevaba las mangas de la camisa remangadas y un paño de cocina manchado colgaba de la cintura de sus *jeans* azules. El ondulado cabello blanco parecía flotar sobre su cabeza como una nube.

—¿Tienes hambre? Esta mañana pesqué una trucha, tu comida preferida. A Junior también le encantará. ¿Dónde se metió? Le ganaste llegando primero.

Todos le decían "Junior" a Papá porque se llamaba Feliciano Córdoba Jr., en honor a Buelo, que había sido el primero en llamarse así. Max pensó que el nombre de Feliciano, cuyo significado era "feliz", le iba mucho mejor a su abuelo que a su padre. Era también su segundo nombre, lo que le parecía bien, porque él estaba a medio camino de ambos en la escala de felicidad.

—¡Sí, tengo hambre! —contestó, y la boca se le hizo agua ante la perspectiva de la trucha frita.

Siguió a Buelo al interior de la casa, que se mantenía fresca hasta en los días más calurosos. Tras lavarse las manos en el fregadero y poner la mesa, vio a Papá entrar por fin en la cocina con una cesta cubierta por un paño.

—Vi a la Srta. Domínguez.

Max puso los ojos en blanco.

—¿Otra vez? Fue mi *maestra*. ¡Qué vergüenza!

—No sé por qué, si ya no lo es —le recordó Papá—, y solo quería decirme que el año que viene te extrañará en su clase. Según dijo, eras muy innovador a la hora de resolver problemas.

Max ocultó una sonrisa y mantuvo la boca cerrada sobre el comentario de la maestra. A la Srta. Domínguez le divertían sus elaboradas explicaciones para justificar por qué llegaba tarde, se olvidaba de las tareas o tenía que hacer los proyectos solo con Chuy. De hecho, incentivaba su talento narrativo; aunque seguramente a Papá lo de la narración le parecería un rasgo de inmadurez.

—Es amable porque le gustas —dijo.

Papá meneó la cabeza.

—Solo nos ayudamos mutuamente. Un alumno como tú despierta su instinto de mamá gallina. Eso es todo. Unas tortillas o pan recién horneado, un gorro o un suéter de punto, ¿qué tiene de malo? Yo la estoy ayudando a reparar el muro del jardín. Favor con favor se paga.

—Favor con favor —repitió Max—. Pues ojalá te pagara enviándote un par de botines Volantes en esa cesta.

Buelo le dio unas palmaditas en el hombro.

—Volantes, para que tus pies vuelen. Me gusta tu optimismo. Ahora, ustedes dos, a sentarse. ¿Qué tal el día de hoy?

—Vimos un halcón gigante —dijo Papá—. Hembra.

—Volaba en círculos. —Max hizo un gesto con

el brazo para demostrar cuán grande era—. Papá dijo que era un halcón peregrino. *Volví* a verlo después, cuando estaba con Chuy, Ortiz y Guille.

—¿Dos veces en un día? Eso es buen auspicio —aseguró Buelo—. Se le llama peregrino porque viaja hasta muy lejos, a la tierra prometida, pero siempre regresa para traer suerte y magia. Son muy afortunados de haberlo visto.

Papá arqueó una ceja en dirección a Buelo y después se volteó hacia Max.

—Eso no es más que un mito. Ha sido pura casualidad. Estábamos allí cuando pasó volando. Solo los tontos creen en la suerte. La suerte nace del esfuerzo, de la buena preparación y de la práctica.

Max miró a Buelo y puso los ojos en blanco. ¿Acaso Papá no podía creer ni en un poco de buena suerte?

—La semana que viene comenzaré a construir un puente peatonal cercano al mercado —añadió Papá—. Ese puente, y *no* el halcón, traerá prosperidad al pueblo porque favorecerá el comercio...

Buelo sonrió.

—Y permitirá que un lado del río estreche sin riesgo la mano del otro...

—Porque el puente de un Córdoba —completó Max— nunca se derrumba. Lo primero es lo primero, y después piedra a piedra. Esa es la forma de hacer bien las cosas.

—Exacto —dijo Papá, muy orgulloso.

Buelo también era maestro cantero, como lo había sido su padre, el bisabuelo de Max. Papá y Buelo construían y reparaban los puentes peatonales de toda la región.

Max conocía ya las mejores piedras para el tablero, los encachados y las claves. La gente le preguntaba a menudo si pensaba seguir la tradición familiar; él nunca sabía qué responder. Quizá algún día, después de llegar a ser un futbolista famoso.

Lo primero es lo primero. Respiró hondo, y se enderezó en la silla.

—Papá, las pruebas para entrar al equipo se acercan. —Se aclaró la garganta—. Necesito entrenar lo más posible y ponerme en forma. —Levantó un brazo y lo flexionó para mostrarles su *falta* de musculatura—. El primo de Ortiz, que dirige las academias de verano en Santa Inés, le dijo que podía llevar a unos amigos a entrenar en una de ellas, y él nos invitó a Chuy, a Guille y a mí. Empezaríamos esta semana e iríamos y volveríamos en bus de lunes a viernes. ¿Puedo ir, Papá?

El aludido ni siquiera levantó la vista.

—Las academias son caras y están demasiado lejos para que vayas solo.

—Eso es lo bueno —dijo Max, inclinándose hacia delante—, ¡que no hay que pagar *nada*! Al primo de Ortiz le sobran unas plazas que tiene que llenar. Además, no iría solo, sino con mis amigos. Puedes hablar con el padre de Ortiz para comprobarlo.

Papá se puso tenso.

—¡Te he dicho que no! Me da igual si es gratis o

no. Está en una ciudad a cuarenta y cinco minutos de aquí. En Santa Inés te puede pasar cualquier cosa. Y conozco a los padres de Chuy, seguro que tampoco le darán permiso. Además, Buelo y yo podemos enseñarte lo mismo que en esa academia. Aquí, en Santa María, tienes a tu disposición la experiencia de dos profesionales.

—Papá, por favor... —Max miró a su abuelo en busca de apoyo, pero este se limitó a bajar los ojos. Aquello era decisión de Papá—. ¡*Nunca* me dejas salir del pueblo! No deberías preocuparte tanto por mí, soy responsable y no pienso desaparecer como... —Max lamentó sus palabras en cuanto las pronunció.

Su padre dejó el tenedor y miró fijamente el plato. Por fin, levantó la mirada.

—Son los otros quienes me preocupan, Max —contestó—. Y la respuesta sigue siendo que no. Sin embargo... —dijo, y lo señaló con el dedo—, este verano puedes trabajar para mí en el nuevo puente. Todavía no he contratado a ningún aprendiz. Así podrás ganarte tus botines de fútbol, y levantar piedras fortalece los músculos.

Max se desplomó en el asiento. Era evidente que Papá no iba a cambiar de opinión. Sin embargo, si tenía razón con respecto a los padres de Chuy, al menos podría estar con su mejor amigo.

—Y Chuy... ¿Podrías contratarlo a él también?

—Si sus padres lo aprueban —contestó Papá—, no me vendría mal otro par de manos. Ya limpié el lugar de la obra; los cimientos y los estribos están listos y argamasados. El lunes iré a las ruinas a buscar más piedras. Tras eso, ustedes dos empezarían por descargarlas.

—¿Y no puedo acompañarte a buscarlas?

—Ya sabes que las ruinas no son un lugar para niños.

—Papá, tengo casi *doce* años. Ya no soy un niño.

—Cuando seas mayor —dijo su padre, y por el tono era evidente que el tema estaba zanjado.

Max no insistió porque sabía que sería inútil.

—Podremos trabajar hasta las pruebas, pero si nos seleccionan...

—Me buscaré otro aprendiz —completó su padre.

Buelo levantó la mano.

—A propósito, hoy me enteré de lo del nuevo entrenador.

—Y yo —dijo Max—. Se llama Héctor Cruz y es muy estricto con las reglas. Tenemos que demostrar qué edad tenemos y dónde vivimos para hacer las pruebas. Todo el mundo necesita su certificado de nacimiento.

—Nuestro equipo siempre respetó las reglas —comentó Buelo.

—Pero otros equipos no —dijo Max—, y algunos de sus jugadores eran mayores de lo debido. Ojalá Ortiz fuese demasiado mayor para jugar. Se presentará también para portero. Es mucho más grande que yo, ¡y ya tiene bigote!

—Que sea más grande no significa que juegue mejor —dijo Buelo—. La velocidad cuenta.

—Hoy atajé más balones que él.

—¿Ves?

—Pero su saque es mejor.

—Max, también eres bueno como delantero —dijo Papá—. Y ten presente que no todos entran al equipo del pueblo el primer año que se presentan. Es mejor que no te hagas muchas ilusiones. Además, aún eres muy joven para estar en un equipo que viaja por todo el estado. No sé si eso me gustaría.

—A mi edad, ya *tú* jugabas en ese equipo.

—Eso era diferente.

Max sintió que se acaloraba. ¿Diferente en qué? ¿Por qué era incapaz de entender que sabía cuidar de sí mismo? ¿Por qué no podía ser un *poco* más optimista?

—¡Pues yo quiero entrar este año! Y jugar de portero, como Buelo y como tú. De todos modos, si lo consigo, uno de los dos tendría que acompañarme a los partidos.

—Es tenaz, Junior —masculló Buelo—, como alguien que yo conozco.

Papá suspiró.

—Es verdad.

—¿Podrías empezar a entrenarnos a Chuy y a mí mañana?

Papá asintió.

—Siempre que volvamos a casa a las tres en punto. Tus tías y tu tío vienen a cenar, y tu tío y yo queremos jugar al ajedrez. Ya va siendo hora de que le gane una partida al alcalde Rodrigo Soto.

Max sonrió. Sus tías eran en realidad las hermanas de Buelo, su tía abuela Amelia y su tía abuela Mariana. Amelia estaba casada con Tío Rodrigo, el alcalde de Santa María.

—Además, mañana por la tarde tienes que bañar a Lola —añadió Papá, levantándose de la mesa—. Esta noche volveré temprano. —Señaló al abuelo—. No le llenes la cabeza de pájaros.

—Tarda lo que quieras —contestó Buelo.

Antes de salir, Papá besó a Max en la coronilla.

—Vete a la cama cuando Buelo te diga.

Max asintió y miró con disimulo a su abuelo, que le guiñó un ojo.

Cinco

Buelo y Max se acomodaron en sus asientos de costumbre: Max en el sofá, y Buelo, café en mano, ocupó el mullido sillón que se hundía en los sitios precisos.

Tras describir unos cuantos círculos por el cuarto de estar, Lola se tumbó sobre las baldosas, enfrente de la chimenea. En esta época del año el hogar estaba apagado y la rejilla sostenía únicamente ramilletes de hierbas recolectadas por Buelo. Max sintió el aroma del romero seco, que siempre le recordaba el verano y los cuentos nocturnos.

—Tú primero —dijo su abuelo.

—Hoy estuve pensando en el río Bobinado.

Max le contó la historia sobre la descomunal serpiente de ánimo indeciso, creadora de un barranco que se transformó en río serpenteante.

Buelo asintió.

—Una serpiente incapaz de decidirse. Quizá por eso todo aquel que sigue el curso del río se ve asaltado por la duda y la aprensión.

—¿De verdad?

Buelo sonrió.

—Quizá sí. En la vida todos nos enfrentamos a algún misterio que, se mire por donde se mire, es imposible de explicar. Pero ahí está el reto de la vida. Tu historia nos lo recuerda.

Max cruzó las manos detrás de la cabeza y procuró asimilar la idea. Le gustaba que su historia tuviera dos significados, uno de los cuales ni siquiera se le había ocurrido. La Srta. Domínguez decía que las buenas historias nos hacen pensar. La próxima vez que se la encontrara le contaría la del río; siempre que Papá no estuviera presente, claro.

Buelo levantó la mano.

—Mi turno. ¿Qué te parece "El puente secreto y la guardabarrera"? Necesitaré un poco de ayuda. Refréscame la memoria, ¿cómo empezaba?

—Lo sabes de sobra —dijo Max, sonriendo—. Érase una vez...

Buelo se aclaró la garganta.

—Érase una vez un abuelo que le contó a su nieto una historia verdadera...

—¡Siempre la empiezas igual! —dijo Max entre risas.

Buelo señaló hacia la ventana y volvió a aclararse la garganta.

—Érase una vez, en el norte, escondido en la lejanía, un puente secreto del que solo hablaban en susurros los constructores de puentes, sus descendientes y los elegidos. —Se llevó un dedo a los labios—. De hecho, todavía existe, así que tienes que prometer que nunca le contarás esto a nadie.

—Lo prometo, Buelo.

—Para llegar al puente secreto, hay que cruzar otro de triple arcada que al sol de la mañana despide un resplandor rosado: el Puente de los Mil Ánades Reales, que es...

—Un lugar lleno de graznidos —completó Max.

—Exacto —dijo Buelo—. Tras cruzar el puente hacia la margen izquierda... ¿Recuerdas cuál es?

—Si miro aguas abajo, en dirección de la corriente, la que queda a mi izquierda.

—Muy bien. Una vez en la orilla izquierda, sigues por la ribera hacia el norte durante una hora, hasta que el cauce deja de divagar y se despliega en una cinta de agua profunda y serena. Cerca de allí se encuentra...

—Lo que parece una cala fluvial sin salida, que es en realidad el pasaje que conduce a un brazo oculto del río —completó Max—. Ahí es donde está el puente secreto.

—¿Quién cuenta la historia? —dijo Buelo—. En fin, el caso es que tienes razón. Al fondo de lo que parece una cala sin salida hay un puente cubierto de follaje y plantas trepadoras, un muro de verdor que esconde lo que hay detrás. Allí, bajo el puente, vive una guardiana muy particular a la que llaman la guardabarrera. *Ella* es quien decide si puedes continuar el viaje. Y como vive en una cueva, algunos dicen que es...

—Un duende de piel gris y ojos amarillos, con verrugas y una nariz demasiado grande para su cara. O una bruja de río —completó Max—. Pero ¿lo es?

Buelo sonrió.

—Solo puedo confirmar que se trata de una criatura fascinante, de gran sabiduría y aura cautivadora. Es la guardiana de las cosas perdidas, una especie de coleccionista. Tiene la cueva abarrotada de objetos. Allí puedes recuperar lo que has perdido o entregar lo que encuentres para que otro lo recupere.

—¿Como qué?

—Como algo que signifique mucho para ti y pierdes al ir a un pícnic en la ribera; una joya o algo de gran valor sentimental. O quizá hayas extraviado tu camino en la vida o no encuentres respuestas a las preguntas que te inquietan. Ella te ayudará.

Siempre que Buelo le contaba esa historia, Max se preguntaba si la guardabarrera sabría dónde estaba su madre, si podría ayudarlo a encontrarla para devolverle la brújula; Papá había dicho que la conservaba con mucho amor. Max la envolvió en su mano y acarició el suave cristal de la esfera con el pulgar.

—Por desgracia, muy pocos están dispuestos a viajar para conocerla en persona.

—Porque le tienen miedo —dijo Max.

—Sí. Pero los fuertes y decididos, como tú, siempre se atreven.

Max sonrió y se irguió un poco. Le alegraba que el abuelo pensara eso de él, aunque fuese en una historia de fantasía.

—Al llegar a la puerta de la cueva debes dar cuatro golpes con la aldaba. Entonces, ella pregunta: "¿Quién comparece ante mí?", y tú contestas...

—Un peregrino de corazón leal —dijo Max.

—Y cuando ella abre la puerta, tú te presentas.

—Soy Maximiliano Feliciano Esteban Córdoba, hijo de Feliciano Córdoba Jr. y nieto de Feliciano Córdoba Sr.

—Y ella responde...

—Yo me llamo Yadra, ni más ni menos.

Su abuelo asintió con la cabeza.

—Si eres afortunado y, en efecto, de corazón leal, te invitará a una travesía aguas arriba donde... —Buelo ahuecó una mano.

—Tendré el mañana en la mano. ¿Pero eso de qué me sirve? —inquirió Max.

—Oh, vislumbrar el futuro te da fuerzas para realizar muchas cosas. ¿No te gustaría saber si el camino que sigues te llevará adonde quieres ir? Ese conocimiento te dará motivos para cambiar tu presente, si es necesario. Además, ¿no te gustaría encontrar respuestas a todas las preguntas que te preocupan?

Max asintió. Le gustaría saber si entraría o no al equipo de fútbol, y también dónde estaba su madre y si volvería a casa. Se sentó muy erguido.

—¿Tú has visto a la guardabarrera, Buelo?

—Muchas veces, aunque hace ya algunos años. En una ocasión, hasta tomamos té, servido en tazas de porcelana, por cierto. Después proseguí el viaje.

—Tuviste el mañana en tu mano —susurró Max—. ¿Cómo es?

—Supongo que es distinto para cada persona. Para mí era cálido y meloso, como un pastel de canela recién sacado del horno; y al momento siguiente fresco y suave, como un guijarro de la ribera. Pero, sobre todo, era muy escurridizo. En cuanto pensaba que lo tenía bien sujeto, *fíu*, se deslizaba entre mis dedos y desaparecía.

—Y tu camino... ¿te llevó adonde querías ir?

—Pues sí —contestó Buelo, sonriendo.

—¿Cómo supiste dónde estaba el puente?

Su abuelo levantó un dedo; los ojos le centelleaban.

—Con un mapa, por supuesto.

—¿Puedo verlo?

—Todo a su debido tiempo, Maximiliano. Pero recuerda que, como diría tu padre, solo es un cuento. Aunque, bien mirado, Junior no anda por aquí.

Buelo sonrió. Quería que su nieto le creyera, con mapa o sin él.

El reloj de la cocina hacía tictac. Lola roncaba. Buelo bebió un sorbo de café.

—Buelo, ¿por qué Papá es tan serio? Siempre piensa que va a pasar algo malo.

—Tu padre era muy alegre, pero ahora va cubierto por un manto de miedos y preocupaciones. El mundo de los adultos le arrebató un pedazo de su espíritu; ha perdido la fe en los finales felices.

—¿Y eso le pasa desde que... mi madre se marchó? —preguntó Max—. ¿Ella le robó un pedazo de su espíritu?

—Podría decirse que sí.

—Pero la buscó, ¿no?

—La buscó y la busca dondequiera que va.

Max pensó en los puentes que su padre había construido por todo el país. ¿Acaso esas obras por las que a veces se pasaba semanas enteras fuera de casa eran simples excusas para buscarla?

—Quizá la guardabarrera podría ayudarlo a encontrarla.

Buelo suspiró.

—Sí, bueno... pero tu madre tendría que *querer* que la encontraran. —Se levantó y le dio unas palmaditas a su nieto en la rodilla—. Ya está bien por hoy. Ha pasado tu hora de acostarte y yo tengo que sacar a Lola. Pero antes prométeme que cuando seas mayor y veas a la guardabarrera, la saludarás de mi parte.

Max sonrió y le siguió la rima a su abuelo.

—Te lo prometo.

—Buenas noches, Maximiliano. Te quiero.

A Max se le hinchió el corazón.

—Buenas noches, Buelo. Yo también te quiero.

Antes de acostarse, se acercó a la pequeña ventana de su habitación. La luna iluminaba el mundo y en la cima del lejano precipicio brillaba La Reina Gigante, delicada y minúscula en la distancia; le pareció que si estiraba el brazo, podría sostenerla en la mano. El cuerpo de la torre estaba envuelto en un cinturón de niebla que se acumulaba por los lados. Parecía un ángel de la guarda con los brazos abiertos.

Max se quitó la brújula y la dejó suavemente en el alféizar de la ventana. A continuación, al igual que los escondidos, le rezó a la Reina para pedirle amparo y guía.

—Reina, por favor, cuida de Papá, Buelo, mis tíos, Lola y yo. Y ¿podrías cuidar también de mi madre, esté donde esté?

Seis

El sábado por la tarde, Max salió antes que su padre porque había quedado con Chuy en verse en la cancha.

Hizo una parada en la tienda a fin de comprar dos trozos de leche quemada, que se guardó en el bolsillo para cuando Chuy y él celebraran sus nuevos empleos veraniegos.

—¡Max! —Chuy se le acercó corriendo—. ¿Qué te dijo tu padre?

—Lo mismo que los tuyos, supongo. Me dijo que no. Pero también dijo que tú y yo podíamos ser sus aprendices este verano. ¡Y nos pagará!

Max le contó el plan de trabajar de lunes a viernes e ir a la poza secreta los fines de semana. Chuy agachó la cabeza y se quedó mirando el suelo.

—¿Qué pasa? —preguntó Max.

—Que *voy* a la academia.

—¿Te dieron permiso?

Chuy asintió, con expresión culpable.

—No me lo esperaba, pero dijeron que era una gran oportunidad porque ellos nunca tienen dinero para esas cosas. Guille también va. ¿Por qué no puedes venir tú?

El enojo volvió a adueñarse de Max.

—Ya conoces a Papá. Se preocupa por todo. Dijo que Buelo y él podían entrenarme tan bien como cualquiera.

—Eso es verdad, pero sin ti no será lo mismo. ¿No puedes convencerlo? A lo mejor si le dices que mis padres me dejan ir...

Max negó con la cabeza, esforzándose por no llorar. Una vez que Papá tomaba una decisión, no había vuelta atrás. Al mirar hacia las blancas nubes vio esfumarse su verano, sus amigos y sus planes.

—No pasa nada, hermano —dijo Chuy para consolarlo—. Te prometo que recordaré todas las cosas importantes para que las practiquemos los fines de semana. Además, podemos seguir yendo a la poza.

Max asintió, pero evitó mirar a su amigo a los ojos.

—¿Quieres ir a entrenar? —preguntó con voz ahogada.

—No puedo. Solo he venido a decirte que Ortiz nos ha invitado a pasar esta noche en casa de su primo para cenar con el nuevo entrenador. Tengo que cuidar de mis hermanas hasta la hora de tomar el bus, pero... ¿nos vemos el sábado en la bifurcación? ¿A las tres?

—Claro.

Max se metió la mano en el bolsillo y palpó la leche quemada. Incluso a través del papel encerado, sintió que se había aplanado y empezaba a desmenuzarse. No valía la pena ofrecérsela a Chuy.

Cuando este se volteó para marcharse, estuvo a punto de chocar con Papá.

—¡Me alegro de verte, Chuy! ¿Estás listo para robar unas cuantas pelotas?

—Me encantaría, Sr. Córdoba, pero hoy no puedo. —Y se fue a toda prisa.

—¿Adónde va?

A Max le ardían los ojos; estaba a punto de echarse a llorar.

—¡Te equivocaste! Sus padres le dieron permiso para ir a la academia. ¡Dicen que es una gran oportunidad! Y los padres de Guille, igual. Los dos van a cenar esta noche con el nuevo entrenador. ¡Nunca me dejas hacer *nada* ni ir solo a ningún sitio!

—Max, cuando seas mayor...

—¿Y eso qué significa? ¿De verdad voy a ser "mayor" alguna vez?

—Dentro de un tiempo, te lo prometo. Y no te preocupes por Chuy. —Papá levantó dos dedos y los enlazó—. Ustedes dos serán siempre como hermanos.

Max frunció el ceño.

—Hasta que él, Guille y Ortiz entren en el equipo y yo no.

—Entrenarás. Lo harás lo mejor que puedas. Luego, lo que tenga que...

—Ya *sé*, Papá, ¡lo que tenga que suceder, sucederá!

Max agachó la cabeza, dejó caer la pelota y la llevó regateando hasta la cancha. No quería que su padre lo viera llorar ni que le dijera que tenía que portarse como un hombre, sobre todo cuando se empeñaba en tratarlo como a un niño. Pateó la pelota de un extremo al otro de la cancha para luego volver al extremo inicial. Finalmente se la pasó a su padre.

—Dejemos los pases. Dijiste que Ortiz era mejor en los saques de puerta, así que vamos a practicar con la mano. ¿Sabías que el saque de mano es más preciso que el de pie?

Max negó con la cabeza, agradeciéndole mentalmente que no hablara de sus ojos enrojecidos.

—Pues así es. Ponte bajo los postes, yo haré los tiros. Tú los atajas e inmediatamente llevas atrás el brazo lanzador. Con el otro, señalas el lugar adonde quieres que llegue la pelota. Después lanzas con todas tus fuerzas. Los buenos porteros consiguen que llegue hasta el mediocampo. Luego practicaremos los tiros a puerta, por si quieres jugar de delantero.

Aunque Max seguía las indicaciones, tenía la mente muy lejos de allí. Se imaginaba a Chuy, Guille y Ortiz en el bus a diario; pensó en lo que se divertirían en la academia, en los nuevos amigos que harían y en que conocerían al entrenador Cruz antes de las pruebas. Todo sin él.

—¡Max! —gritó Papá.

Estaba tan sumido en su tristeza que no se dio cuenta de que su padre había dejado de lanzarle la pelota. El hombre le hizo una seña para que se acercara y, cuando estuvo a su lado, le pasó un brazo por los hombros.

—Quizá hoy no sea un buen día para concentrarse, pero estuve pensando en lo que me dijiste ayer.

Max levantó la mirada.

—No me vendría mal que me ayudaras mañana en las ruinas.

—¡Pero si dijiste que no era un lugar para niños!

—Y tú me recordaste que tienes casi doce años; quizá sea edad suficiente.

—¿En serio?

Sabía que Papá intentaba consolarlo por no ir a la academia. Aun así, sería el primer muchacho en cruzar las puertas embrujadas. No era gran cosa, pero era algo.

—Gracias.

Su padre le alborotó el pelo.

—Quizá no me lo agradezcas tanto cuando veas lo que hay que trabajar.

Siete

El tablero de ajedrez estaba desplegado sobre la vieja mesa de pícnic situada bajo el roble del patio lateral; las torres, los caballos, los alfiles, los reyes y las reinas esperaban apiñados a ocupar sus puestos.

—¡Maximiliano!

—Hola, tío.

—¿Cómo está mi sobrino favorito? —preguntó Rodrigo, al tiempo que lo estrujaba entre sus brazos.

Las pobladas cejas blancas, el bigote y el cuerpo mullido y esférico le conferían a Rodrigo el aspecto amable de Papá Noel.

—Soy el único sobrino que tienes.

—Pues por *eso*. ¡Eres mi favorito!

Su estruendosa risa resonó en el patio. Al alcance de la mano tenía una bandeja con un montón de empanadas.

Las dos tías de Max presidían la mesa. Ambas eran tan altas y delgadas como su sobrino.

Amelia abrió los brazos y lo envolvió en sus alas protectoras.

—Hola, mi cariño.

Era la hermana mayor de Buelo y había sido enfermera. Con sus inmensos ojos parapetados tras unas gafas de montura negra parecía un intrigado pájaro chochín. Sacó un libro de crucigramas.

—¿Me ayudarás después?

Max le dijo que sí y corrió hacia Mariana, la hermana pequeña de Buelo, que le estaba enseñando a cocinar y a cultivar el huerto.

—Preparé rellenos para la cena, ¡con los chiles que plantamos! —exclamó, abrazándolo también—. Después de hornearlos, les echas la salsa y los espolvoreas con queso. ¿Recuerdas que te lo enseñé?

—Sí —dijo Max, sonriendo—, y también recuerdo cómo se comen.

Mariana le dio unas palmaditas en la cara y lo arrulló.

—Valoras más los alimentos cuando ayudas a cultivarlos y a prepararlos. Ahora dime, ¿es verdad que vas a ser aprendiz de tu padre?

Max sonrió con poco entusiasmo.

—Sí, y mañana me llevará a las ruinas.

—Por fin llegó el día —dijo Mariana, arqueando las cejas.

Papá se sentó enfrente de Tío Rodrigo y señaló la bandeja de empanadas.

—¿Sabes una cosa, Rodrigo? Empiezo a sospechar que nuestras cenas dominicales son un pretexto para convencer a Amelia de pasar por la pastelería. Confiesa.

—¡Jamás admitiré tal acusación, Junior!

Rodrigo le echó mano a una empanada y lamió el relleno que rezumaba por el borde. Luego inclinó la cabeza en dirección al plato.

—Maximiliano, son de piña, tus preferidas.

Max agarró una y miró a su padre.

—¿Puedo?

—Solo una, o se te quitarán las ganas de cenar —contestó Papá, y empezó a colocar las piezas de ajedrez en el tablero.

Buelo salió al patio cargado con vasos y una jarra de limonada.

—Considerando la velocidad a la que se propagan los chismes en Santa María —dijo Rodrigo—, supongo que habrán oído lo del nuevo entrenador, Héctor Cruz.

—Pues sí —dijo Mariana—. Todos hablan de eso.

—No sé cómo encajará aquí —comentó Amelia.

—¿Por qué lo dices? —preguntó Max.

—Porque viene de una gran ciudad —intervino Rodrigo—, y el nuestro es un pueblecito adormilado, una aldea donde las distancias se recorren más rápido a pie o en una carreta tirada por un buen burro.

—Hay gente que tiene camiones y carros —objetó Max.

—Y hay buses a San Clemente —añadió Mariana—, desde donde el tren te lleva a cualquier parte.

—No estamos tan aislados —dijo Buelo mientras ponía un vaso frente a cada comensal y tomaba asiento—. Casi todos los vecinos tienen teléfono. Donde único no hay servicio es aquí, al pie de las colinas.

—Todo eso es verdad —reconoció Rodrigo—, pero se trata de un entrenador joven y probablemente ambicioso. Quizá quiera algo más grande y mejor. Para el pueblo sería bueno que se quedara al menos dos temporadas, sobre todo pensando en los muchachos que quieren entrar este año en el equipo y ascender en la clasificación.

—*Yo* quiero entrar este año en el equipo y ascender —declaró Max, mirando de reojo a su padre.

Tío Rodrigo se aclaró la garganta.

—Ayer, en la reunión del concejo municipal, leímos una carta de Cruz. Me pareció muy riguroso con los detalles. Debemos asegurarnos de cumplir las reglas de la liga con respecto a quién es elegible y quién no, lo que significa que debemos incluir todos los documentos en los expedientes. Sin excepciones.

—Entre ellos, el certificado de nacimiento —añadió Max—. Eso fue lo que dijo Ortiz.

—Así es.

Tío Rodrigo desvió la mirada hacia Papá, que había empuñado la reina blanca y la golpeaba contra la mesa al ritmo del tictac de un reloj.

Buelo se inclinó hacia él para sujetarle la mano.

De repente se hizo un silencio sepulcral. Max oía hasta el ruido que producía al masticar.

—Dadas las circunstancias, Junior —dijo Rodrigo—, y a la vista de que ambos van a las ruinas mañana, lo más sensato sería...

—Todavía no —interrumpió Papá, al tiempo que negaba con la cabeza.

Mariana se inclinó hacia él.

—Junior, conviene que esté preparado.

Amelia puso las gafas en la mesa y se frotó los ojos.

—Estoy de acuerdo.

Max observó los rostros preocupados.

—¿A qué se refieren?

—Tengo que hablar con tus tíos —le dijo Papá—. Vete a bañar a Lola. Cuando acabes, será casi la hora de cenar.

—Si es algo sobre mí, ¿por qué no puedo quedarme?

Papá lo miró con dureza: la conversación se había acabado.

Max levantó las manos con las palmas hacia arriba, como para preguntar el porqué, pero las dejó caer. Sabía que era inútil. De mala gana, le silbó a Lola y se dirigió al cobertizo contiguo al corral de Dulce.

En cuanto Lola lo vio sacar a rastras la gran tina metálica, se puso a brincar y a correr. Tras llenar el recipiente con agua de la manguera, Max dio la orden y la perra se lanzó al agua.

Desde donde se hallaba podía ver a Papá, Buelo, Tío Rodrigo y sus tías sentados a la mesa, cuchicheando. Otra vez el velo de secretos. ¿Qué era lo que sabían? ¿Y por qué Mariana había dicho que convenía que estuviera preparado?

¿Preparado para qué?

Ocho

Durante la noche, la niebla envolvió Santa María en una suave cobija.

Los árboles eran sombras borrosas; el mundo, silencio. Ni los pájaros piaban. ¿Serían ciertos los rumores? ¿Habrían llegado los espíritus de los escondidos con el halcón peregrino? ¿Oiría Max sus plegarias y percibiría su presencia entre la niebla?

Encontró a Papá y a Buelo enganchando a Dulce a la carreta.

—Buenos días, hijo.

Bajo el sombrero de paja, los ojos de su padre se veían sombríos y cansados. Metió una botella de agua y una bolsa de papel marrón entre los tablones laterales de la carreta. A continuación, condujo a Dulce hacia la carretera.

Buelo le encasquetó a Max un sombrero como el de Papá y señaló hacia el este, donde una brillante franja de luz auguraba la salida del sol.

—Deben apresurarse para llegar antes de que apriete el calor —recomendó, y se despidió de él con un abrazo.

En la bifurcación, enfilaron vereda arriba, zigzagueando entre mezcales y espinos de fuego.

—Cuando lleguemos, quédate en el claro y mira por dónde caminas. No quiero tener que sacarte de un montón de escombros como tuve que hacer en algún momento con tu abuelo.

—Lo sé. Tendré cuidado.

Papá siguió aleccionándolo sobre el peligro de los salientes precarios y la necesidad de ponerse guantes de trabajo para protegerse de arañas, clavos herrumbrosos y cantos afilados.

—Quiero dejar algo muy claro, Max. Nunca, en ninguna circunstancia, se te ocurra venir solo a las ruinas. ¿Me oyes?

—Por los espíritus de los escondidos —soltó él sin pensar.

—Porque es peligroso. Si hay espíritus, es porque los traemos nosotros.

—Pero ¿cómo los vamos a *traer* nosotros?

—Si un espíritu está vivo, Max, es porque vive en la mente de alguien, no porque ronde por ahí.

Había algo en la seguridad de Papá que lo reconfortaba. No obstante, ¿cómo podía estar tan seguro de que los espíritus no existían cuando todo el pueblo estaba convencido de lo contrario?

Con Dulce tirando de la carreta, la subida fue lenta. Casi una hora después de dar vueltas y más vueltas, llegaron ante una gran puerta de hierro forjado. A ambos lados de la entrada, los barrotes en punta de lanza se extendían hasta perderse de vista, como un desfile de fieles soldados. Papá empujó las hojas de la puerta y entró con la carreta. En el interior, el camino se ensanchaba, separando dos bosquecillos de árboles de coral, cuyas intrincadas ramas estaban punteadas por flores de un rojo encendido. Los loros planeaban y parloteaban. Papá se detuvo a la sombra de los árboles y señaló un claro muy amplio.

—Ahí las tienes, Max, las ruinas de La Reina Gigante.

El sol había vencido a la niebla y la cima del monte relucía con la luz y el rocío. En el borde más alejado, sobre el precipicio que miraba al pueblo, La Reina Gigante se alzaba majestuosa. Su altura lo dejaba a uno sin aliento. Su mampostería intacta se interrumpía tan solo en la puerta de madera maciza y las aspilleras, por las que mucho tiempo atrás los vigías montaban guardia o disparaban flechas. Desde la base trepaban buganvillas rojas.

Un soplo de viento arrastró algunos de sus pétalos, que cayeron suavemente sobre Max, como en su sueño. Miró hacia arriba. De cerca, la torre era aún más imponente, pero también resultaba más familiar y acogedora.

—¿Por qué se conserva tan bien cuando todo lo demás está en ruinas?

—*Es* increíble que sus cinco plantas estén intactas, ¿verdad? Según han dicho algunos arquitectos, no la construyeron los mismos artesanos que edificaron el resto del palacio. Esta mampostería es mucho mejor. También han examinado la cimentación y por lo visto sigue en perfecto estado.

Max señaló hacia lo alto, donde palos, hierba seca y plumas se asomaban entre las almenas.

—Materiales del halcón peregrino. Parece que nuestra amiga está construyendo un nido —explicó Papá, y le pasó unos guantes de trabajo—. Manos a la obra.

Max lo siguió por el claro. El antiguo empedrado estaba invadido por cardos y maleza; pirámides de piedras se elevaban donde los muros se habían derrumbado; las zarzas asfixiaban el brocal de un pozo. No obstante, en la magnificencia de la estructura y de los muros que una vez rodearon grandiosas estancias quedaban vestigios de la belleza del palacio. Incluso las telarañas semejaban visillos de tul.

Papá examinó atentamente varios montículos de piedras.

—Estas —dijo, refiriéndose a unas grises y redondas—, y esas —añadió, señalando unas blancas que debieron de ser cinceladas para el marco de una chimenea. Luego levantó unas cuantas de cada montículo y empezó a apilarlas—. Yo las sacaré de los escombros y tú las cargarás.

Durante más de una hora, a medida que su padre seleccionaba las piedras, Max las fue cargando hasta la carreta. En cada viaje le echaba un vistazo a la torre, que se cernía desafiante sobre los muros derruidos. ¿Acaso la protegían los espíritus?

Agradeció que Papá lo llamara para hacer una pausa; ya le dolían los brazos. Se sentaron a la sombra de la torre, en un murete donde su padre había puesto la botella de agua y la bolsa de papel. Se quitaron el sombrero y los guantes y almorzaron los burritos que Buelo les había preparado.

—¿Sabes que aquí se escondió gente durante la

guerra? —preguntó Papá poco antes de acabar de almorzar.

Max asintió y miró las ruinas, tratando de imaginarse cómo sería verse obligado a vivir en aquel sitio.

—¿Cómo sobrevivieron?

—La torre era un lugar seguro y el pozo tenía agua. Al otro lado de los muros hay restos de un gallinero y un pequeño redil para cabras, así que por lo menos disponían de leche y huevos; y, como has visto, de zarzamoras. Además, había gente que... les traía provisiones.

Max acabó de masticar el último bocado, se subió al murete y caminó arriba y abajo con los brazos extendidos para mantener el equilibrio.

—¿Te refieres a los guardianes de los escondidos?

Su padre asintió con la cabeza y se aclaró la garganta.

—Sí.

Max bajó de un salto para mirarlo a la cara.

—Los guardianes eran intrépidos. Eran guerreros

secretos que combatían la injusticia. Eran valientes y decididos y...

—Espera, Max, los guardianes no eran... guerreros que combatieran la injusticia, sino más bien miembros de una red clandestina que ayudaba a los escondidos a llegar sanos y salvos a Santa María, sobre todo durante la guerra de Abismo. En aquellos tiempos había un dictador que castigaba a todos los que se oponían a él. Mucha gente huyó a Santa María, pero a nuestro gobierno no le gustó que vinieran tantos, así que aprobó la Ley de Asilo para ilegalizar tanto su entrada en el país como el simple hecho de prestarles ayuda.

—¿Y arrestaron a algún escondido o a algún guardián?

—No en nuestro pueblo, pero en otros lugares sí. Los guardianes fueron encarcelados y los escondidos, enviados de nuevo a su tierra, donde los esperaba un destino espantoso.

—Qué horrible —dijo Max—. Según Ortiz, los escondidos eran asesinos y ladrones, y los guardianes también porque desobedecieron la ley al protegerlos. ¿Es verdad?

Papá se alteró.

—¡Los guardianes ayudaban por pura compasión y los escondidos no eran asesinos ni ladrones, sino mujeres y niños, y soldados que lucharon contra el dictador!

—¿Cómo lo sabes?

—Porque Buelo, Rodrigo, Amelia y Mariana —dijo Papá, mirándolo a los ojos— fueron los primeros guardianes.

Max abrió la boca de par en par. Buelo caminaba con bastón, sus tías necesitaban ayuda hasta para abrir un frasco, su tío se ahogaba en cuanto subía una cuesta. ¿Cómo podían haber sido guardianes?

—Sé que es difícil de imaginar, pero entonces eran mucho más jóvenes. De todas formas, no te dejes engañar por los cambios que provoca el tiempo; siguen siendo fuertes y capaces.

—¡Son héroes, Papá! —exclamó Max, sonriendo

con orgullo—. ¡Estoy deseando contárselo a Chuy! Todo el mundo debería saber lo que...

—¡Max! *Nadie* debe saberlo, nunca. De esto *solo* puedes hablar con tu abuelo y en privado. ¿Me entiendes? —Papá tenía la mirada muy seria.

—Entonces... ¿nadie sabe nada?

—A lo largo de los años, ciertos vecinos les han hecho comentarios desagradables a Buelo y a tus tíos. Creo que algunos sospechaban de ellos, pero no pasaron de simples murmuraciones. Por eso no debes contárselo a nadie. Incluso ahora sería peligroso que nos descubrieran.

—¿"Nos"? ¿Tú también fuiste guardián?

—A veces. Y tu madre...

—¿Mi *mamá* fue guardiana?

Max saltó de alegría por dentro. ¡Su mamá también era una heroína! Se imaginó a la aguerrida protectora de los necesitados envuelta en una capa.

—Tu madre acompañó a dos muchachas hasta el lugar seguro más cercano y... no regresó.

—¿La arrestaron? —A Max se le revolvió el estómago—. ¿Está presa o... muerta?

—No, no, nada de eso. Cuando la busqué, me dijeron que se había ido con ellas.

Su padre parecía consternado. Se inclinó hacia delante, apoyó los codos en las rodillas y la cabeza en las manos.

Max se sentó en la tierra junto a él.

—¿Qué te pasa, Papá?

Él lo miró como pidiéndole perdón. Respiró hondo.

—Antes de mudarnos a Santa María, tu madre y yo vivíamos en San Clemente. Allá fue donde tú naciste. Un médico vino a casa para traerte al mundo. Más tarde firmó una prueba de nacimiento que debíamos presentar en las oficinas municipales para solicitar el certificado, pero cuando tu mamá se marchó, se lo llevó todo.

La verdad reptó lentamente hasta el cerebro de Max.

—¿No... no tengo el certificado de nacimiento?

Papá negó con la cabeza.

—Pero entonces, ¿cómo podré jugar fútbol? Tío Rodrigo dijo que todos debíamos demostrar la edad. Sin excepciones.

—Ya lo sé —contestó Papá, apesadumbrado.

Las repercusiones proliferaban.

—¿Y cómo voy a ascender y entrar en el equipo de un club o en algún equipo? Además, necesitaré el certificado para otras cosas, ¿no? Para trabajar y para manejar y para...

—Basta, Max, por favor. Mañana iré a San Clemente para encargarme del asunto de una vez por todas. Debería haberlo hecho hace mucho tiempo.

—¿Cuánto tardarás?

—En las oficinas municipales se toman las cosas con calma. Tendré que rellenar formularios, concertar citas y reunirme con las autoridades. Espero que no más de dos semanas.

Max se levantó como impulsado por un resorte y encaró a su padre.

—¿*Esperas*? ¡Las pruebas son dentro de cuatro semanas y cuatro días! ¿Por qué dejaste que pasara esto?

Papá se pasó la mano por el pelo. Su rostro palideció. ¿Por qué no contestaba?

—Dímelo —presionó Max—. ¡Tengo edad suficiente para saberlo!

Su padre cerró los ojos y recobró la compostura.

—Lo primero es lo primero...

—Y después, piedra a piedra. ¡Ya lo sé, Papá!

—Te lo explicaré cuando vuelva. Y no te preocupes, Max, todo saldrá *bien*. Te lo aseguro.

Parecía que intentaba convencerse a sí mismo. Tomó la mano de su hijo y se la apretó.

—Tienes todo el derecho del mundo a estar enojado, pero ahora debemos concentrarnos en nuestra tarea. Tenemos un puente que construir y necesitamos el dinero. Cuento con que trabajes para mí, le hagas caso a tu abuelo y no vayas a ningún sitio sin decírselo. Si no, no podré ir a San Clemente con la tranquilidad necesaria para conseguir el certificado. Ya hablé con Buelo. Ustedes dos tendrán que encargarse de un montón de cosas mientras yo esté fuera. Y tú tendrás que ser paciente. ¿Podrás hacerlo?

Max se libró de un tirón de la mano de su padre.

—Contéstame, Max. ¿Harás lo que te he pedido?

¿Acaso tenía otra opción?

Nueve

Dio media vuelta, se alejó de su padre y miró la torre.

—Quiero entrar. ¿Soy suficientemente "mayor" para entrar?

Papá dudó, pero se acercó a la puerta y la abrió.

—Solo unos minutos.

Max cruzó el umbral.

El aire era fresco y la luz, tenue, salvo en las aberturas de las aspilleras. El empedrado del piso estaba cubierto de tierra, hojas secas y plumas de gallina. Max entendió por qué la gente se escondía allí. La torre era una fortaleza segura e inexpugnable.

—¡Hola! —gritó, y su voz sonó hueca en el cavernoso espacio.

Recorrió la estancia circular, pasando los dedos por la mampostería. Las piedras eran de mayor tamaño que las de los puentes y, además, eran oblongas y tenían el borde biselado. Desde luego, la obra *era* de mayor calidad. Al enfilar por el pasaje abovedado que conducía a la escalera, una reja con candado le cerró el paso. Miró a través de los barrotes hacia el angosto hueco que subía en espiral. En ciertas piedras había marcas que parecían letras, pero estaban demasiado lejos para distinguirlas bien.

Se apoyó en la reja y cerró los ojos; sus pensamientos giraban y giraban como aquella escalera. Sacó la brújula de debajo de la camisa y la sujetó con fuerza. ¿Y si Papá *no podía* encargarse del asunto de San Clemente? ¿Y si *no* salía bien?

El viento atravesó las aspilleras y un sonido sibilante vibró en la torre. A Max le recordó la vez que Tío Rodrigo lo llevó a la playa y le acercó una caracola al oído. El sonido se volvió más agudo e insistente.

Arrorró. Arrorró. Arrorró.

Había una nana que empezaba así. Intentó recordar la letra.

—*Arrorró*, mi niño —musitó.

Así empezaba. ¿Estaría cantando la Reina o sería un fantasma? Un gemido, similar al llanto de un bebé, lo hizo sentir un escalofrío que le recorrió la espalda. Salió corriendo de la torre, con la brújula golpeándole el pecho al ritmo de su acelerado corazón.

Papá dejó de seleccionar piedras.

—¿Te pasa algo?

—Oí ruidos raros...

—Es el viento, que se abre camino entre las grietas y hace que la Reina gima y cante. Aquí arriba, el viento transporta hasta los sonidos de los animales. Cada vez que una nube se mueve, parece que alguien acecha en las sombras. —Papá meneó la cabeza—. No es de extrañar que corran rumores sobre espíritus y fantasmas.

Max asintió, pero él había oído y sentido otra cosa. Respiró hondo.

—¿Por qué está cerrada la reja de la escalera?

—Tío Rodrigo quiere conservar la torre en buen estado para convertirla en monumento algún día. Es un sitio histórico.

—¿Y qué son esas marcas en las paredes?

—Los escondidos escribían su nombre o dejaban mensajes para que sus familiares o los amigos que vinieran después de ellos supieran que habían conseguido llegar hasta aquí.

—¿Puedes llevarme allá arriba?

—No. —Papá se frotó la frente—. No vamos a tocar nada de ahí dentro. Además, no es seguro.

Se acercó a la puerta de la torre para cerrarla y después fue hasta la carreta, extendió una lona sobre las piedras y la ató.

—Pero si dijiste que la torre era segura —insistió Max.

—Ahí arriba no hay nada de interés. Ven. Dulce no puede con más peso. Vamos a casa. Tengo mucho que hacer antes de marcharme mañana y debo hablar con Buelo sobre la obra —contestó Papá, y condujo a Dulce hacia la entrada del recinto.

Max los siguió, frustrado. Una ramita se quebró tras él y los arbustos susurraron. Al voltearse, le pareció ver una silueta que se apresuraba a ocultarse entre las ruinas.

El halcón pasó volando y sus inmensas alas oscurecieron la visión. Cuando el ave viró, lo que Max creía haber visto ya no estaba. ¿Habría sido la sombra de una nube, como decía Papá, o era otra cosa?

El calor y las confidencias de su padre le pesaban cada vez más. Su cabeza era una maleta llena de interrogantes y misterios a punto de reventar.

Diez

El martes por la mañana, en cuanto Papá tomó el bus para San Clemente, Amelia y Mariana se presentaron muy entusiasmadas, cargando cestas llenas de verduras, recetas y libros de crucigramas.

Como de costumbre, la Srta. Domínguez se apareció llevándoles pan casero y un libro para leer en voz alta en la mesa; luego se marchó. Tras el almuerzo, Tío Rodrigo relevó a Amelia y Mariana, y se quedó a pasar la noche. Toda la semana fue igual; siempre había alguien compartiendo una comida, acarreando piedras hacia el nuevo puente u observando a Max desde las bandas mientras este hacía los ejercicios de entrenamiento que le ordenaba su abuelo, cómodamente sentado a la sombra.

El sábado el calor se volvió insoportable y se abatió sobre ellos en oleadas; el aliento del sol era ardiente y sofocante, y la poza llamaba a gritos. A las tres en punto, Chuy esperaba en la bifurcación como habían quedado. En cuanto vio a Max, sonrió y echó a correr camino abajo.

Max dejó de pensar en sus problemas y corrió tras él.

—¡Espera!

Iban a toda velocidad pero, al llegar a una curva, se pararon a mirar el desfiladero. El verano anterior, cuando la mamá de Chuy los envió a buscar frambuesas silvestres, descubrieron que en la escarpada ladera había una gruta sombreada con un talud de barro, un tobogán natural que acababa en una poza.

—¡Allá! —exclamó Chuy.

En el saliente situado a media ladera, los arbustos de bayas silvestres se extendían a lo largo de la escarpadura.

En cuanto llegaron a la gruta se quitaron la ropa hasta quedarse en *shorts*.

Max gritó de alegría, se lanzó al "tobogán" y se deslizó por el barro fresco, tomando cada vez más velocidad. Tras girar en la última curva, agitó los brazos y entró al agua produciendo un gran estruendo. Nadó hacia un lado. Chuy lo siguió.

Corrieron hacia lo alto y se deslizaron por la pendiente una docena de veces, se empujaron y se salpicaron hasta que finalmente treparon a una gran roca plana, donde se tumbaron bocabajo como lagartos al sol.

Chuy deslizó ligeramente los dedos por la superficie del agua.

—Esto viene muy bien después de practicar toda la semana con tanto calor —dijo, pero se arrepintió—. Perdona. No quería hablar de la academia. Ojalá estuvieras allí tú también.

—No te preocupes —contestó Max—. ¿Qué tal es, por cierto?

Chuy se dio la vuelta y se apoyó en el codo.

—Los días son muy largos. Tomamos el bus temprano y no volvemos a casa hasta la hora de cenar. Deberías ver a Ortiz, pavoneándose por la cancha y recordándonos a todos que es el primo del director.

—Ya me imagino al Gran Fanfarrón. —Max se puso bocarriba y sonrió.

—Estuve practicando de defensa central. Así, si tú eres el portero, jugaré delante de ti y despejaré las pelotas que los demás defensas dejen pasar. Te haré quedar bien.

—Y yo despejaré o atajaré las que *tú* dejes pasar, ¡y haré quedar bien a todo el equipo!

El agua goteaba, las libélulas revoloteaban y los pájaros cantaban. Por un instante, Max casi logró imaginarse que era el verano anterior, cuando no tenía ninguna preocupación.

—Conseguí unos Volantes —dijo Chuy—. El entrenador tenía algunos que los jugadores solo usan en los torneos. Parecen nuevos.

—¡Qué bueno! —Max trató de ocultar su envidia—. Con suerte, yo también conseguiré unos muy pronto.

—Todas las tardes jugamos un partido de práctica. Los entrenadores nos dividen en dos equipos. A Guille, a Ortiz y a mí siempre nos ponen en el mismo.

Max se estaba hartando de escuchar hablar de la academia.

—¿Sabes qué? Fui a las ruinas y entré en la torre.

Chuy se sentó de golpe, con los ojos muy abiertos.

—¿En serio?

Max le describió el recinto y los extraños sonidos de La Reina Gigante.

—O sea, que *hay* fantasmas —concluyó Chuy.

—Definitivamente oí cosas y sentí una presencia, pero ya conoces a Papá. Él no admitiría nada.

—Pero *tú* los oíste. ¿Qué tipo de ruidos eran?

—Como susurros y gemidos —contestó Max, bajando la voz—. Me parecieron espeluznantes. Y creo que vi a alguien o *algo* cerca de la torre, pero de pronto... desapareció.

Chuy soltó un chillido.

—Lo sabía. Todo el mundo lo dice. ¿Crees que era el fantasma de un escondido?

—Tal vez —Max se estremeció.

En ese preciso momento oyeron un aullido y ambos saltaron.

—¿Qué fue eso? —Chuy se frotó los brazos—. Se me puso la piel de gallina.

Max miró a su alrededor. Algo que no logró divisar del todo se lanzó por el tobogán de barro y entró al agua salpicando. Luego se produjo otra salpicadura, y un muchacho emergió de golpe, escupiendo agua como una fuente. Era Ortiz. Guille salió a continuación.

—¿*Les* contaste de la poza? —preguntó Max, incrédulo.

Chuy negó con la cabeza.

—No, te lo juro. —Se levantó—. ¿Qué hacen ustedes aquí?

—Ortiz y yo fuimos a tu casa y tu mamá nos dijo que tú y Max estaban nadando cerca de las frambuesas —contestó Guille.

—Nos guiamos por los gritos y las salpicaduras y aquí estamos —añadió Ortiz—. Fue fácil. ¡Vaya, este sitio es *genial*! —Nadó hacia ellos, cortando el agua y enviándola sobre sus cabezas—. ¿Cómo es que no nos dijeron nada?

Ni Max ni Chuy respondieron.

Ortiz salió del agua y trepó a la roca.

—Oí decir que tu padre está en San Clemente para probar que existes —bromeó.

Max se quedó de piedra. ¿Cómo lo sabía?

—Mi papá es concejal, como saben. El alcalde Soto le contó que tu padre había pedido una copia de tu certificado de nacimiento. Supongo que todo el mundo está solicitando documentos para cumplir las nuevas reglas. Esperemos que pueda regresar a tiempo.

—No te preocupes, volverá con tiempo de sobra —respondió Max, y sintió alivio al ver que no le preguntaban por qué no tenía el certificado en casa.

—Pues si no vuelve, tendré menos contrincantes —replicó Ortiz antes de lanzarse al agua.

—No le hagas caso —dijo Chuy—. El entrenador nos contó que hubo un muchacho que no tenía el certificado porque se le quemó en un incendio.

La liga aceptó su partida de bautismo y una carta firmada por gente que lo conocía desde que nació. Y hubo otro que presentó su historial médico, aunque de eso tuvo que dar fe un notario.

Como Max nació en la casa, no tenía ningún historial de esos. Sin embargo, recordaba una foto de su bautizo. En ella se veía a su papá cargándolo en brazos en la escalinata de Nuestra Señora de los Dolores. Por ahí tendría que haber algún documento. ¿Se le habría ocurrido eso a su padre?

Ortiz salió de la poza y se dirigió a la ladera.

—Chuy, Guille, vamos a comprar leche quemada, yo invito. Recuerden lo que dijo nuestro entrenador: cuanto más tiempo pasemos juntos dentro y fuera de la cancha, mejor jugaremos en equipo.

Chuy se levantó.

—¿Ya te vas? —preguntó Max—. Si recién llegamos...

—Es cierto que el entrenador dijo eso —contestó Chuy, encogiéndose de hombros—. ¿Quieres venir?

Como Max no contestaba, Chuy empezó a trepar por la ladera.

—¡Nos vemos el próximo sábado! —gritó.

Ortiz lo saludó también con la mano y le frotó cariñosamente la cabeza a Chuy. Luego lo atrajo hacia su costado e imitó su voz.

—¡Nos vemos el próximo sábado!

Max se dejó caer al agua y buceó bajo la superficie. Cuando emergió para tomar aire, los otros tres se habían ido. Mientras salía de la poza y se vestía, pensó en las palabras de su padre: que él y Chuy serían siempre como hermanos. Ya no lo creía.

Sintió un extraño nudo de dolor. Recorrió el camino de vuelta a casa dando pisotones para librarse de esa sensación.

No obstante, esta persistió, mordisqueándolo como una cabra hambrienta.

Once

—Buelo, ¿dónde está mi partida de bautismo? —preguntó Max tras entrar a la casa como un ciclón.

Su abuelo lo miró desde el sofá, donde se ataba los cordones de las botas de trabajo. Tenía las mejillas enrojecidas y el pelo revuelto, como si recién hubiera despertado de una siesta.

—No estoy seguro. ¿Por qué?

—Pero *tengo* una partida de bautismo, ¿no? —inquirió Max, con las manos en las caderas.

—Por supuesto. Tu padre la tiene guardada por ahí. ¿Por qué quieres saberlo?

—Si uno no tiene el certificado de nacimiento, puede usar la partida de bautismo para inscribirse en las pruebas de fútbol.

—¿Quién te lo dijo?

—Chuy, y a él se lo dijo su entrenador. ¿Puedes darme la mía por si Papá no regresa a tiempo?

Buelo frunció el ceño.

—No creo que te sirva de nada. En cualquier caso, lo más probable es que esté con los papeles de tu padre y él no quiere que nadie los toque, a menos que se trate de una emergencia. —Se levantó y agarró su sombrero de paja—. Si tu padre no regresa a tiempo para las pruebas, yo mismo la buscaré. Ahora, vámonos. —Dio una palmada—. Hoy me siento lleno de energía. Ya hace menos calor y quiero preparar la madera para la cimbra. A ver cuánto podemos adelantar antes de la cena, ¿de acuerdo?

Max siguió a su abuelo hasta el patio. No entendía por qué no podían buscar la partida de bautismo en ese mismo momento. Si la encontraban, podría dejar de preocuparse.

Buelo le dio instrucciones, y Max colocó los caballetes y dispuso los maderos sobre ellos. A continuación marcó las medidas con una tiza y los llevó al desvencijado banco de trabajo donde Buelo los cortaba con la sierra de mano. Según los iba cortando, Max los apilaba por tamaño en la carreta para poder descargarlos en el mismo orden, justo como Papá hubiera hecho.

—Una vez que cortemos la madera, la acarrearemos hasta la obra y prepararemos la cimbra, que sostendrá el arco mientras lo construimos —dijo Buelo—. Cuando tu padre regrese, iremos colocando las piedras sobre la cimbra simétricamente, de los estribos hacia el centro.

—Ya lo sé —dijo Max—, y cuando las piedras estén argamasadas y todo acabado, retiraremos la cimbra para dejar libre el ojo del puente.

—Exacto —aprobó Buelo, riéndose—. Nos has visto hacerlo unas cuantas veces. —Levantó la vista cuando una sombra pasó sobre ellos—. Parece que tu amiga está de visita.

El halcón peregrino planeaba en lo alto. Buelo lo miró con atención.

—¡Qué ave tan magnífica! —comentó.

—Sí —convino Max—. Vi su nido entre las almenas de la Reina cuando estuve en las ruinas.

Todos los interrogantes y los secretos que se

agolpaban en su mente se abatieron de nuevo sobre él. Papá dijo que de aquel tema solo podía hablar con su abuelo y en privado. Miró a su alrededor.

—¿Hoy no viene Tío Rodrigo?

—Esta tarde tiene una reunión del concejo, así que estaremos solos.

—Buelo, Papá me dijo que podía hablar contigo acerca de los guardianes de los escondidos. ¿Era emocionante ser guardián?

Su abuelo dejó la sierra.

—Me extrañaba que hubieras tardado tanto en preguntar. La verdad es que era mucho más arriesgado que emocionante, además de una gran responsabilidad.

—¿Hubo muchos escondidos?

—Cuando yo era joven, durante y después de la guerra, vino una oleada compuesta en su mayoría por soldados y sus familias. Después, durante veinte años, mientras tu padre crecía, solo llegaron unos pocos, pero luego se produjo una segunda oleada. La llamamos "La Brigada de las Mujeres".

—¿Porque solo vinieron mujeres?

—Sí, y algunas con bebés o niños.

—¿Por qué *huyeron* de Abismo? ¿Es que hubo otra guerra?

—Otro tipo de conflicto. Abismales contra abismales luchando entre sí por lo que las mujeres podían hacer o no. Las escondidas eran madres cuyas familias las habían desterrado porque no había un padre que las mantuviera, esposas que huían de maridos que las maltrataban, sirvientas cuyos señores las consideraban esclavas, menos que humanas. Las escondíamos en la torre y, tan pronto como podíamos y en secreto, las escoltábamos hasta el siguiente lugar seguro.

—Pero entonces ya no había guerra, ¿por qué no podían contárselo a nadie?

—Por la ley. Era y sigue siendo ilegal dar refugio a la gente que huye de otros países. En ciertos lugares es incluso ilegal ser compasivo y prestarles cualquier tipo de ayuda, como proporcionarles agua o alimentos. Pero corrían un grave peligro. Algunos de los hombres de Abismo, los que pensaban que las mujeres les pertenecían, las persiguieron o contrataron gente para que las encontrara. Mostraban sus fotos y ofrecían recompensas. Por dinero, la gente hablaba. ¿Cómo no íbamos a protegerlas?

—¿Y venían a buscarlas a un pueblo tan pequeño como este?

—Entre Abismo y las grandes ciudades situadas al norte, al este y al oeste de aquí hay solo unos cuantos pueblos y aldeas —contestó Buelo—. Santa María es pequeño, pero desde aquí se puede ir a cualquier parte.

—¿Ningún escondido llegó a quedarse?

—Este pueblo está demasiado cerca de Abismo. Además, las grandes ciudades ofrecen más protección y más oportunidades de prosperar. Allí podían esconderse a la vista de todos y trabajar y vivir como los demás. Si se hubieran quedado aquí y la gente hubiese descubierto que eran abismales, los habrían rechazado, maltratado o algo peor.

Basta con una o dos personas para iniciar una escalada de odio. No me gusta admitirlo, pero en este pueblo hay vecinos que conozco desde hace años que se comportan así.

—Ortiz habla mal de los escondidos. ¿Cómo eran en realidad?

—Sus experiencias eran distintas pero, en general, todos pasaban por un viaje extenuante, caminando durante semanas. A veces estaban separados de sus familias, cansados, aterrados, nerviosos, desesperados por tanta injusticia, abatidos por tener que abandonar su tierra, pero deseosos de encontrar una nueva vida, un mañana distinto.

—Estarían muy tristes.

—Sí, pero fuera cual fuese su estado de ánimo, yo debía mostrarme sereno y concentrarme en llevarlos a un lugar seguro. Por el camino podía pasar de todo. Un guardián debe estar preparado para improvisar en cualquier momento.

—¿Tenías un carro o un camión para llevarlos?

—No, eso hubiera sido aún más arriesgado. Había controles de carretera. A pie estábamos más seguros y podíamos ir a sitios más recónditos, inaccesibles para los carros de la policía.

Max se estremeció.

—Si era tan peligroso, ¿por qué lo hiciste?

—Lo consideraba una obligación moral. Era imposible ignorar su dolor.

Max le dio vueltas a la información. ¿Arriesgaría su propia vida, sabiendo que podía acabar en la cárcel, para ayudar a otros?

—¿Regresó alguno a Santa María?

—No podían correr ese riesgo; eso siempre me ha pesado. Durante el viaje, algunos mantenían la distancia y no se relacionaban con nosotros, pero lo más frecuente era que nos hiciésemos amigos. A veces es más fácil confiarse a un extraño, sobre todo si sabes que no volverás a verlo. Lo malo era que al conocer sus historias y hacer amistad con ellos, resultaba más difícil decirles adiós. Sin embargo, me gusta pensar que sus espíritus regresan a La

Reina Gigante bajo las alas del halcón peregrino, como se dice.

—Entonces, ¿tú lo crees?

—Claro que sí. Me consuela.

—Cuando estuve en la torre... los *oí* susurrar.

—Te creo. Demostraste valor al entrar a la Reina.

—Pero no fui más allá de la reja de la escalera y sentí miedo. Aunque supongo que la torre me habría parecido más acogedora si me hubiera fugado de Abismo. *Tú* sí que fuiste valiente al ser guardián.

—Bueno, valía la pena tener valor... para darles esperanza y demostrarles que no todo es fealdad, que también hay bondad y belleza. Ser guardián no tiene nada que ver con leyes ni fronteras ni dinero. Nunca aceptábamos dinero. Se trata de ayudar a la gente.

—¿Cómo subían a la torre? —preguntó Max, intrigado ahora por los detalles.

—La llave de la reja está detrás de unas

enredaderas espinosas; nadie podría encontrarla por accidente. Ya te enseñaré el escondite algún día.

—Y después de la torre, ¿adónde los llevabas?

—Lejos. Nos tomaba tres días llegar al próximo lugar seguro.

—¿Y nunca los seguiste para ver dónde acababan?

—Los guardianes nos regimos por un código muy estricto. Guiamos a los escondidos *únicamente* hasta el lugar seguro más cercano. Después no podemos seguir ayudándolos, a menos que otro guardián nos lo pida. Así protegemos su identidad. Créeme, ellos no desean que los encuentren. —Buelo se desperezó—. Basta por hoy. Ayúdame a guardar las herramientas.

Max lo siguió de cerca, reuniendo valor.

—Papá me dijo que mi mamá fue guardiana.

—Bueno... sí.

—Entonces, ¿por qué la dejaron quebrantar el código y seguir viajando con sus escondidas?

—No me corresponde a mí contártelo —repuso Buelo, frotándose los ojos.

—El otro día, Papá no me lo dijo todo —insistió Max—. ¿No puedes decirme tú algo más?

—Maximiliano, quien debe hablar contigo de este tema es tu padre. Ya lo hará cuando regrese.

—Pero, Buelo, ¿qué más da que me entere ahora o a su regreso? Por favor, cuéntamelo —rogó Max—. Si no, hablaré con el tío y las tías...

Su abuelo se volteó y sostuvo una mano en alto para hacerlo callar. Tenía una expresión absolutamente desconocida. ¿Era ira? ¿Miedo?

—¡Ni lo sueñes! Esperarás a que vuelva tu padre. Además, ellos nunca se inmiscuirían. —Extrajo un pañuelo del bolsillo para enjugarse el sudor de la frente—. Te he dicho que basta por hoy. Este calor me está matando. Me voy adentro.

Max nunca lo había oído hablar con tanta furia. Era mejor no insistir, Buelo no cedería.

Limpió el patio y jugó con Lola.

Durante la cena, Buelo guardó un silencio

inusitado; al terminar, dijo que estaba demasiado cansado para cuentos y se acostó enseguida.

Al poco rato, mientras oía roncar a su abuelo, Max miró otra vez a La Reina Gigante a través de la ventana de su cuarto y le rezó sus plegarias habituales. Después dejó la brújula sobre el alféizar, con la esfera hacia arriba. La aguja señaló el norte, directamente hacia la gran Reina y más allá. ¿Estaría su madre en el norte? ¿Era eso lo que Papá y Buelo no querían decirle, el nombre del lugar donde vivía?

¿Acaso le ocultaban algo más?

Doce

Amenazaba con pasar otra semana idéntica a la anterior, sin la menor noticia de San Clemente.

—¿Por qué tarda tanto Papá? —protestó Max.

Jalaba de las riendas de Dulce, que a su vez tiraba de la carreta cargada de maderos hacia el nuevo puente. Su abuelo iba sentado en la parte trasera, aprovechando el viaje para acercarse al mercado del sábado. Lola trotaba detrás.

—Ten paciencia —recomendó Buelo—. Sabíamos que tardaría un tiempo. Todavía faltan casi tres semanas para las pruebas.

Max pateó la tierra. Ese verano no se parecía en nada a lo que había imaginado.

Justo al salir del pueblo, su abuelo se bajó y le dio unas palmaditas en el hombro.

—¿Estás seguro de que puedes descargar los maderos tú solo y llevar luego a Dulce a casa?

—Buelo, ya te *dije* que los descargaría uno por uno, y hasta Lola podría llevar a la cabezona de Dulce.

Buelo acarició el cuello del animal.

—No le hagas caso, cariño —le dijo—. Últimamente no hay quien lo aguante. Sé que eres tan de fiar como el mismísimo sol.

Su nieto puso los ojos en blanco.

—Al salir del mercado, almorzaré con Mariana —le dijo su abuelo—. No hace falta que vengas a buscarme, me llevará alguien o volveré a pie.

Max azuzó a Dulce sin despedirse siquiera.

En la obra, despejó un lugar plano y extendió una lona, de una de cuyas esquinas se apropió Lola de inmediato.

—No te pongas cómoda —advirtió Max, y empezó a trasportar maderos de la carreta a la lona—. ¡Fuera de ahí, Lola! —gritó en cuanto necesitó más espacio.

La perra se escabulló sin rechistar.

Pero ¿qué le pasaba? ¿Cómo podía gritarle así a un inocente animal?

—Lo siento, Lola... Vuelve.

Mientras le acariciaba el hocico, algo pasó volando por encima de sus cabezas y salpicó en el río, enfrente de ellos.

Max se volteó.

—Tranquilo, Max, somos nosotros.

Ortiz y Guille pasaron corriendo por su lado y se acercaron a la orilla, sin dejar de lanzar piedras al agua. Chuy, que iba justo detrás, se paró a acariciar a Lola.

—Vimos a tu abuelo en el pueblo y nos dijo que estabas aquí. Vamos a la poza. ¿Vienes?

—No puedo —dijo Max—. Tengo trabajo que hacer.

Chuy se movió, incómodo.

—¿Qué pasa? —preguntó Max.

—Ortiz dice que si no te lo digo yo, te lo dirá él.

—¿Decirme qué?

—Anoche Guille y yo fuimos a casa de Ortiz a cenar —dijo Chuy, bajando la voz—. Su mamá se puso a hablar de las pruebas, de que su hijo es el mejor portero y de que ya era hora de que la liga exigiese requisitos para jugar. Luego empezó a hablar de tus familiares. Dijo que... eran unos delincuentes y que habría que denunciarlos, y que si la liga se enterara de su pasado, alguien te impediría jugar en el equipo.

Max se quedó blanco como el papel. ¿Acaso la madre de Ortiz sabía que Papá y Buelo, y sus tías y su tío habían sido guardianes? ¿Acaso era ella una de los que habían hecho comentarios desagradables?

—¿Y *tú* qué dijiste? —preguntó Max.

—Nada —respondió Chuy, desconsolado—. No... no sabía de qué estaba hablando.

Ortiz y Guille se acercaron, empujándose y riéndose. Max fue a su encuentro.

—Ortiz, tu mamá debería ocuparse de sus asuntos. ¡Ella no sabe *nada* sobre mi familia!

—Nadie pretende ofenderte ni dejarte fuera

del equipo —dijo Ortiz—. No es más que un favor. A *mí* me gustaría saber si mi familia está llena de criminales.

—¡Lo que son es *héroes*! —gritó Max con furia—. ¡No como tu mamá, que es una chismosa y una embustera!

Ortiz se abalanzó sobre él y lo arrojó al suelo de un empujón. Max se levantó de un salto, lanzando golpes.

Su contrincante lo bloqueó y volvió a derribarlo. Lola se puso a gruñir.

—¡Quieta, Lola! —gritó Max.

Esta era su pelea. Se mantuvo firme, blandiendo los puños, esperando a que Ortiz se le acercara; pero este, en lugar de acercarse, se apartó.

—Guille, Chuy, vámonos —dijo.

Max lo miró alejarse mientras las palabras que acababa de escuchar resonaban en sus oídos. Al sentir que Chuy lo agarraba del brazo, se volteó de sopetón.

—¡Conoces a mi familia de *toda* la vida!

—gritó—. ¿Cómo es posible que no nos defendieras? ¡Creí que eras mi amigo!

Chuy lo miró como si acabara de darle un bofetón.

—Y lo *soy*.

Max negó con la cabeza, incrédulo.

—No. Eres un perrito faldero que sigue a Ortiz porque te invitó a la academia de fútbol y porque ahora tienes unos Volantes y porque te compra leche quemada y porque te lleva a cenar a su casa.

Chuy tenía el rostro desencajado.

Max volvió a la carreta y siguió descargando maderos. Cuando sacaba el último, sintió una nueva aprensión. ¿Podrían ir Papá o Buelo a la cárcel por haber sido guardianes hacía tanto tiempo?

Una terrible incertidumbre reptó hacia el exterior desde alguna caverna de su mente, le lanzó una mirada maliciosa y se rio de él, antes de regresar deslizándose a su guarida. Max sintió que le temblaban las manos. El madero se le escapó y se precipitó al suelo, dejándole a su paso una astilla larga y gruesa en la yema del pulgar. El dolor le hizo soltar un grito.

Chuy corrió hacia él.

—¡Déjame en paz!

Tras la partida de su amigo, Max apretó los dientes y extrajo la astilla. La sangre se acumuló en la palma de su mano.

Se envolvió el dedo en un trapo y tiró de Dulce para llegar a casa lo antes posible. Todos siempre decían que las palabras no hacían daño. Los palos y las piedras sí, pero las palabras, no.

Qué equivocados estaban.

Trece

Al echarse alcohol en la herida, Max sintió un fuerte ardor, pero la rabia y la determinación mitigaron el dolor.

Papá tenía los papeles importantes en una gran caja metálica que guardaba en el estante superior del clóset de su habitación. La partida de bautismo tenía que estar ahí. Aunque le estuviera prohibido registrar esos papeles, debía resolver aquel asunto de una vez por todas. Se subió a una silla, bajó la caja y la dejó sobre la cama.

Lo primero que vio al abrirla fue la funda impermeable que contenía el mapa de la zona de Santa María donde Papá trabajaba. Cuando a él y a Buelo les encargaban un nuevo puente, extendían el mapa en la mesa de la cocina y lo estudiaban a fin de encontrar el mejor sitio para la obra. Los pequeños círculos numerados indicaban los puentes de los Córdoba, con su correspondiente clave numérica en los márgenes. Max echó un vistazo a los primeros nombres y notas escritos meticulosamente por su padre.

1. Puente de la Ribera: cauce lodoso y angosto
2. Puente del Arroyo: acceso al camino del mercado
3. Puente de Maldonado: cauce seco durante el verano

Advirtió que a lo largo de la ribera del río había varias estrellitas de tinta negra, probablemente para marcar los sitios de pesca favoritos del abuelo. Guardó el mapa en su funda y lo arrojó sobre la cama.

Revisó los papeles restantes uno a uno: sus libretas de calificaciones escolares, facturas de materiales de construcción y recibos de herramientas, incluso inscripciones para actividades extraescolares y equipos de fútbol.

Por último, encontró la foto en la que su padre lo llevaba en brazos en la escalinata de la iglesia. Era imposible calcular su edad en ella, porque la ropa que le pusieron para el bautizo lo cubría por completo, pero parecía mayor que un bebé de meses. Debajo de la foto había un documento con el borde dorado, en la parte superior del cual figuraba el nombre de la iglesia: Nuestra Señora de los Dolores. El papel certificaba que Maximiliano Feliciano Esteban Córdoba había sido bautizado por el padre Marco Jiménez, así como que su madrina era Amelia Soto y su padrino, Rodrigo Soto. Sin embargo, estaba fechado casi tres años después de su nacimiento, *después* de la desaparición de su madre. Encima, no figuraba ni su fecha de nacimiento ni el nombre de sus padres; solo constaba la fecha del bautismo. Buelo se lo había advertido: ese documento no le serviría de nada. Si la liga pensaba que había nacido ese año, no lo dejarían ni apuntarse.

Siguió mirando. Iba por la mitad de la caja cuando encontró un gran sobre abierto que contenía un papel doblado de color marrón. En este había algo parecido al calco de una lápida. Le recordó los que hacían los familiares de un difunto después de su entierro, cuando ponían un papel sobre la lápida y lo frotaban con carboncillo para copiar la inscripción y tenerla de recuerdo. No obstante, este era demasiado pequeño para tratarse de algo así. A veces, los niños grababan sus nombres en los adoquines de la calle, pero el borde de la zona frotada era demasiado ancho para eso.

Se acercó a la ventana y sostuvo el papel a contraluz. Abrió mucho los ojos cuando por fin pudo leer una palabra entera:

MAÑANALAND

Presionando el papel contra el cristal consiguió descifrar algunas letras más, pero fue incapaz de hilvanar otra palabra comprensible. Pasó los dedos suavemente por encima de la que había leído. ¿Qué sería eso de Mañanaland?

Volvió a sentarse en la cama. ¿Sería el calco de la inscripción de un puente? ¿Acaso su abuelo o su padre le habrían puesto ese nombre a alguno en honor de un sitio llamado así?

Al examinar el papel, se dio cuenta de que las palabras habían sido grabadas ligeramente en la piedra y que eran demasiado irregulares para haber sido hechas con un cincel, la herramienta que un cantero utilizaría para grabar algo en las aletas de contención o los tímpanos de un puente. La forma de la piedra tampoco parecía de esas obras; era oblonga y con el borde biselado. ¿Dónde había visto eso?

Las piedras de La Reina Gigante tenían bisel, y en las de la escalera había marcas que según Papá eran nombres y mensajes grabados por los escondidos. Si pudiera abrir el candado de la reja, podría comparar el calco con los grabados originales. Buelo dijo que la llave estaba escondida detrás de unas enredaderas espinosas. Al imaginarse el claro, vio sobre todo escombros y maleza; enredaderas había más bien pocas.

Se puso de pie y se paseó por la habitación. Papá

dijo que detrás de la reja no había nada de interés. Sin embargo, aquel papel le interesaba tanto que lo había escondido. Seguro que *estaba* relacionado con la familia. Max lo dobló y se lo metió en el bolsillo del pantalón.

Faltaba un buen rato para el anochecer. Le daba tiempo de subir y bajar a las ruinas antes de que Buelo regresara. Papá le había dicho que no fuera solo... pero eso era porque se empeñaba en protegerlo demasiado.

Tendría cuidado.

Catorce

Max silbó al salir de casa.

—¡Ven, chica, nos vamos de paseo!

Lola salió como un rayo de la sombra en la que descansaba y se acercó a su amo ladrando de emoción.

A lo largo del camino, se paraba para deleitarse con los olores y abalanzarse sobre cada ramita que encontraba. En la bifurcación, Max giró ladera arriba y Lola lo siguió. Sin Dulce y la carreta recorrieron el camino en mucho menos tiempo. Hacia la mitad de la zigzagueante vereda, la perra volteó la cabeza en dirección al precipicio, se paró súbitamente y ladró.

Max se acercó para sujetarla por el collar. Una nube pasó sobre ellos arrojando sombra, pero al instante dio paso a los rayos del sol. El muchacho expulsó el aliento contenido.

—Calma, chica, parece que las sombras te ponen nerviosa.

Aunque Lola siguió adelante de mala gana, cuando llegaron a la puerta de hierro forjado soltó un gruñido y se negó a seguir.

—Ya sé, Lola, a Papá no le gustaría —dijo Max, al tiempo que quitaba la cadena que mantenía cerradas las hojas de la puerta—, pero no vengo solo, sino contigo. Además, ya conozco este sitio.

Abrió un poco una de las hojas, lo justo para pasar de costado.

—¡Vamos! —insistió.

Al llegar a las ruinas, se plantó en el claro con las manos en las caderas y miró a su alrededor en busca de enredaderas espinosas.

Por la torre trepaban buganvillas. Recordó que cuando ayudó a Buelo a podar la enredadera del patio de su casa, se pinchó un montón de veces con ellas. Detrás del tallo principal, donde la planta salía de la tierra, le pareció un buen escondite. Lo registró sin encontrar nada. Le dio la vuelta a la torre, mirando tras las ramas que se aferraban al muro, en vano.

Después fue por el borde del claro. No vio allí ni un árbol ni un arbusto con espinas. Entre las piedras de los escombros solo había hierbajos y maleza. Sin embargo, los tallos de las zarzas que reptaban por el brocal del pozo estaban plagados de una especie de ganchitos tan puntiagudos como aguijones.

Max buscó un palo y bordeó lentamente el brocal, levantando las ramas hasta que descubrió un ladrillo de un color distinto que el resto. Apartó aún más la planta y lo extrajo con precaución... ¡Allí, en el hueco, estaba la llave!

La sacó, corrió hacia la torre y no se detuvo hasta llegar a la reja que daba paso a la escalera. Metió la llave en el candado y la hizo girar. ¡Clic!

El corazón le latía a mil por hora mientras abría la reja y subía lentamente los escalones, pasando los dedos por las palabras grabadas en las paredes de piedra.

VALDEMARO SERVANO   *MAURICIO HERNÁNDEZ*

LA LUCHA CONTINÚA   *HASTA LA PRÓXIMA BATALLA*

MERCEDES Y JESSE ARAYA

SEGUIMOS JUNTOS

FÁTIMA PEÑA   *CÉSAR ROJAS*

LIBRES GRACIAS A DIOS   *LA GUERRA NO HA TERMINADO*

En la segunda planta, cientos de nombres trepaban por la pared como si fueran regimientos de hormigas. Cuántos soldados y cuántas familias padecieron en la guerra. Ciertas piedras contenían un solo nombre, en trazos grandes y gruesos —*DANTE*—, como gritando "estoy aquí"; otras, un mensaje. Tardaría horas en leerlos todos. ¿Cuánta gente se había escondido allí? ¿Quiénes eran y qué habían vivido? ¿Habrían conseguido reunirse con sus familias?

GERTRUDA Y CARMEN LOSA

MAMÁ, TE ESPERAREMOS

EN UN MUNDO SIN PERDÓN

REZO POR EL AMOR Y LA PAZ. LUPE PÉREZ

BELTRÁN V Y JUAN J

GRACIAS A NUESTROS LIBERTADORES

ESPERANZA O

PERDIDA SIN MI AMADO

El viento silbó entre las aspilleras. Entonces, como en su primera visita, Max oyó el susurro que palpitaba como un corazón.

Arrorró. Arrorró. Arrorró.

El ritmo amortiguado lo rodeaba.

—Es el viento, que se abre camino entre las grietas —le aseguró a Lola—. Hace que la Reina gima y cante.

Lola gemía. Max le acarició la cabeza.

—No pasa nada, chica, no es más que una nana.

—Recordó un poco más de la letra—: Arrorró mi niño. Arrorró mi sol…

Un escalofrío lo recorrió de arriba abajo cuando el susurro fue reemplazado por un silbido agudo. ¿Sería otra vez un fantasma que cantaba para él?

Lola se puso a emitir aullidos prolongados y tristes que provocaban ecos.

—¡Shhh! —Max tiró del collar para acercarla y le frotó el cuello, aunque su propio corazón le latía con fuerza.

Por fin, el silbido se suavizó.

—¿Lo ves? Todo está bien.

Max miró atentamente la estancia. Era evidente que las inscripciones habían sido hechas años atrás porque algunas estaban tan desgastadas que eran casi ilegibles.

Lola continuó subiendo por la escalera y él la siguió hasta la tercera planta, donde fue recibido por una hornacina. Al fondo del hueco practicado en el muro y coronado por un arco se leía:

Nacidos Bajo Las Alas
del Halcón Peregrino

MADRE MARÍA ACOSTA

NIÑA VALENTINA

PADRE FALLECIDO

MADRE ANA HERRERA

EN DULCE ESPERA

PADRE DESAPARECIDO

MADRE PATRICIA ZAVALA

NIÑA LOURDES

PADRE DESCONOCIDO

—Mira, Lola, esos deben de ser los bebés que nacieron en la torre o durante el largo viaje. Pobrecitos. Sus madres no pudieron darles ni una cuna ni un hogar. ¿Los habrán abandonado sus padres? ¿Murieron? ¿O era de ellos de quienes huían sus madres?

En la pared opuesta, otra hornacina rezaba:

La Brigada de las Mujeres

Max intentó recordar las palabras de su abuelo: "Desterradas... maltratadas... esclavas, menos que humanas. Nosotros las escondíamos...".

CRISTINA OLMOS
JUNTO A MIS HERMANAS

ORALIA Y ALMA
OTRA VIDA NOS ESPERA

MARGARITA Z
NO VOLVERÉ NUNCA
DIOS ME DÉ FUERZAS

Distinguió la palabra *MAÑANALAND* en una de las piedras. Extrajo el calco de su bolsillo para compararlo con el grabado. Era idéntico.

Por desgracia, el resto de la piedra estaba tan desgastada que el texto era difícil de entender, en especial la última línea, que parecía grabada con otra herramienta y apresuradamente. Tras apartarse a un lado para ver mejor, pudo leer:

Renata Esteban. Así se llamaba su madre... antes de casarse con Papá. No tenía sentido. Su madre era guardiana, y los guardianes debían mantener su identidad en secreto. Entonces, ¿por qué grabó su nombre en la torre?

Max acarició las letras.

Quizá hubiera otra Renata Esteban. Aunque se aferró a esa idea, la duda se abrió camino hasta su mente y le clavó las garras. Tenía que ser su mamá; si no, Papá no hubiera conservado ese calco.

¿Era *aquello* lo que su padre y su abuelo le ocultaban? Se esforzó por hacer encajar las piezas. Miró de nuevo la otra hornacina y, mientras leía los nombres, comprendió la verdad: su mamá había sido una escondida.

Había pertenecido a La Brigada de las Mujeres...

de Abismo. No era de extrañar que le permitieran quebrantar el código y viajar más allá. El código no se aplicaba a los escondidos.

"Asesinos y ladrones... expulsados de su propio país... rechazados... despreciados... indeseables... lo peor de lo peor".

¿Era eso lo que pensarían de su madre si descubrieran que fue una escondida? Entonces también se confirmarían los rumores acerca de que sus familiares habían sido guardianes. Si aquello llegaba a ocurrir, ¿habría muchachos que le lanzarían piedras, lo escupirían y lo odiarían? ¿Expulsarían a su familia y a él mismo de su propio pueblo? ¿Y adónde irían entonces?

Una oleada de aturdimiento lo inundó. ¿Respiraba siquiera? Cerró con fuerza los ojos y se enjugó a cachetadas las lágrimas que le rodaban por las mejillas.

Lola gimió y lo empujó con el hocico. ¿Cuánto tiempo llevaba ahí parado?

Max la agarró por el collar y dejó que lo

condujera escaleras abajo. Aún aturdido, cerró el candado de la reja y devolvió la llave a su escondite.

Caía la tarde. Mientras recorrían el claro, empezó a lloviznar. El viento arrancaba húmedos pétalos de buganvilla que salpicaban el suelo de manchas rojas.

A Max le pesaban las piernas. Cuando Lola y él alcanzaron la bifurcación, tenía la ropa empapada.

Componían un desfile penoso, recorriendo fatigosamente el camino a casa con aquel cielo que lloraba a mares sobre sus cabezas.

Quince

Una vez en la casa, Max se cambió de ropa, devolvió el papel a la caja y guardó esta en el estante del clóset.

Cuando Buelo regresó, silbando y cargado con dos bolsas de la compra, Max estaba sentado a la mesa de la cocina mirando anuncios de Volantes en una revista de fútbol. Lola dormía junto a la chimenea.

Buelo dejó las bolsas en la encimera.

—¿Qué pasa aquí? Lola no salió a recibirme. ¿Está bien?

—La saqué a dar un largo paseo —contestó Max, y no mentía.

—¿Después de llevarla contigo hasta la obra? No me extraña que esté cansada. Siento llegar tarde. Me quedé en casa de Mariana hasta que escampó. Te envía mermelada de higos. Al volver me encontré con la Srta. Domínguez. Mira que es amable y atenta, y siempre pregunta por tu papá. Mi hijo podría hacerle un poco de caso. Rodrigo también me detuvo. —Meneó la cabeza y frunció el ceño—. Tu padre lo llamó por teléfono para decirle que había un problema y que el asunto puede alargarse; pero la próxima semana tiene otra reunión, y eso es buena señal.

Max fingió escuchar. Quería contarle lo que había descubierto, pero las consecuencias de haberlos desobedecido, tanto a él como a Papá, las cuales incluirían estar castigado en la casa hasta que Papá volviera, le quitaron las ganas.

—¿Puedes limpiar el corral y darle de comer a Dulce?

Como Max no contestaba, Buelo le puso una mano en el hombro.

—¿Maximiliano?

Levantó la vista. Tenía la mente embotada y el cuerpo, insensible.

—Perdón... Sí.

Mientras rastrillaba el establo, se paraba cada dos por tres para frotarse el pecho y tratar de librarse de la sensación de fatalidad que lo oprimía. Al acabar la limpieza, agarró la horca para echar paja al comedero de Dulce. Su resentimiento crecía con cada horcada, por el abandono de su madre, porque su padre no consiguiera antes el certificado de nacimiento, si es que había alguna posibilidad de conseguirlo; hasta por el optimismo de su abuelo, que fingía que todo iba bien cuando todo iba mal. Si Papá no resolvía lo del certificado, ¿existiría o no existiría un Max?

¿Qué iba a ser de él?

Cerró el establo de un portazo, llorando de rabia. ¿Cómo iba a arreglárselas para fingir que no pasaba nada con la angustia que sentía?

Se enjugó las mejillas. Tal vez resultaba más fácil de lo que pensaba. Al fin y al cabo, procedía de un largo linaje de impostores, guardianes de secretos y fingidores.

Sin embargo, a Buelo no había quien lo engañara.

Unas noches más tarde, durante la cena, le puso una mano sobre la frente a su nieto.

—¿Te sientes mal? Estás callado y pensativo, y no has tocado la comida. ¿Qué te pasa?

—Solo estoy cansado del trabajo y de entrenar con este calor —mintió.

Buelo negó con la cabeza.

—No es eso. Creo que esta noche no iré a jugar a las cartas. Me quedaré en casa para cuidarte.

—¡No! Solo juegas un miércoles al mes y tus amigos te esperan. Estaré bien, de verdad. Terminaré de comer, recogeré y me acostaré pronto. Te lo prometo.

No quería que su abuelo estuviera allí, pues su intención era mirar otra vez los papeles de Papá.

—De acuerdo, entonces —dijo Buelo, dudoso—. Si estás seguro... —Se caló el sombrero y agarró el bastón.

Max lo siguió afuera.

Anochecía. El cielo mostraba un inquietante matiz amarillento y una lóbrega capa de nubes se cernía sobre el este. El aire estaba cargado con el olor dulzón de la hierba mojada. Buelo señaló el cielo amenazante.

—Si hay tormenta, me quedaré con Amelia y Rodrigo —dijo, y le dio unas palmaditas a Lola en la cabeza—. Cuida de mi nieto.

En la cancela de la valla, alzó el bastón para despedirse.

Max entró en la casa y vigiló por la ventana hasta que su abuelo se perdió de vista. Entonces corrió al cuarto de su padre y sacó la caja metálica del clóset.

En esta ocasión leyó atentamente cada papel antes de dejarlo sobre la cama. Halló dos cosas de San Clemente: el contrato de una obra y los recibos de alquiler de un apartamento, todo de la época en que había nacido. Al menos Papá no mentía cuando dijo que había vivido allí.

No encontró nada más con el nombre de su madre. En el fondo de la caja, sin embargo, vio una nota escrita con letra elegante:

Esto es lo mejor que podíamos esperar.

Por favor, no me sigas.

Los amé mucho. R.

¿*R.* de *Renata*? Era de su madre. Pero ¿cómo podía ser "lo mejor" abandonarlo todo? ¿"Los amé"? ¿Es que había dejado de amarlos?

Guardó los papeles en la caja, con calma y uno a uno, para asegurarse de que los había revisado todos. Luego puso la caja en el clóset y cerró la puerta de la habitación tras de sí.

No tenía apetito, así que le dio a Lola las sobras de su cena. La lluvia empezó a tamborilear en el tejado. El cielo se oscurecía por momentos, el viento arreciaba y las ramas golpeaban las ventanas. Llovía a cántaros.

Max se tumbó en el sofá.

Cuando los relámpagos centellearon y los truenos rugieron, Lola se subió de un salto a su lado. Max le hizo sitio y la abrazó. Luego se le cerraron los ojos y cayó en un sueño profundo.

La tormenta arrancó súbitamente el tejado y el viento cruzó raudo las habitaciones. Max se sentó, con los ojos desorbitados. Las sillas de la cocina y las cazuelas y las sartenes pasaron volando sobre su cabeza. Un gran estrépito sacudió las paredes.

La Reina Gigante se desgajó de la cima del precipicio y flotó lentamente hacia él. No como una torre, sin embargo, sino como una reina de carne y hueso: las almenas eran la corona; las aspilleras, los ojos; el curvado muro de piedra, la elegante túnica; las flores del árbol de coral, el ígneo volante del dobladillo.

Se abrió paso valsando en medio de la embravecida tormenta y, al llegar a la casa, sacó a Max por el hueco del tejado, lo sostuvo en brazos y lo meció como a un bebé mientras le cantaba:

Arrorró, mi niño. Arrorró, mi sol.
Arrorró, pedazo de mi corazón.
Este niño lindo ya quiere dormir;

Háganle la cuna de rosa y jazmín.

Arrorró, mi niño. Arrorró, mi sol.

Duérmase, pedazo de mi corazón.

¡Esa era la letra que intentaba recordar!

La Reina Gigante lo depositó en el sofá y agachó la cabeza para mostrarle el nido en el interior de su corona. Allí, en un hoyo bordeado de hierbas y ramas, dormitaba el halcón peregrino. A continuación, lo besó con dulzura en la frente, se irguió cuan inmensa era y voló hacia el precipicio.

—¡No te vayas! —gritó Max, y salió tras ella.

Corrió a través de los destrozos causados por la tormenta, y al llegar a la bifurcación siguió corriendo vereda arriba.

—¡Vuelve! —repitió, sin aliento.

Aunque sus pies martilleaban la tierra mientras subía, justo cuando creyó haber alcanzado el bosquecillo de árboles de coral, se encontró otra vez al pie de la colina.

—¡Por favor, quédate! —suplicó, pero La Reina Gigante se había anclado de nuevo al precipicio, una vez más como una torre, orgullosa e inflexible.

A pesar de eso, Max no dejó de correr.

Dieciséis

Un golpeteo insistente lo despertó.

Lola saltó del sofá y fue a la puerta de entrada. El gruñido que salía del fondo de su garganta confirmaba que había alguien al otro lado. Max miró a su alrededor buscando señales del regreso de su abuelo, pero no vio ninguna.

Aún atontado, echó un vistazo al reloj de la cocina. ¡Las dos de la madrugada! Se restregó los ojos. ¿Quién podía presentarse en la casa a esas horas? Se acercó a la puerta y pegó el oído a la hoja.

—¿Quién es?

—Un peregrino de corazón leal.

Max soltó un resoplido.

—¡Buelo, no estoy de humor para bromas! —protestó y, tras sujetar a Lola por el collar, abrió la puerta.

Un hombre de imponente estatura, botas

embarradas y chaqueta de muchos y grandes bolsillos estaba en el umbral. Llevaba un sombrero impermeable y empuñaba un bastón.

Lola se retorció para librarse del control de Max y meneó el rabo.

El hombre se rio, se quitó el sombrero y entró. Luego se agachó para acariciar a la perra.

—¡Hola, Lola! —Al pararse, el hombre saludó a Max con una inclinación de cabeza—. Soy el padre Romero, amigo de los Feliciano Córdoba, el padre y el hijo. Traigo una... entrega para ellos. Tú debes de ser Maximiliano. Cuando te conocí no sabías ni andar, y no he vuelto a verte desde entonces. ¿Qué edad tienes ya? ¿Once?

—Casi doce.

El padre Romero no llevaba sotana como el sacerdote de Nuestra Señora de los Dolores y, que Max recordara, ni Buelo ni Papá le habían hablado de él. Sin embargo, Lola parecía contenta, y el animal no solía equivocarse al juzgar a la gente.

El padre miró por encima del hombro de Max.

—¿Está alguno de los dos en casa?

—Papá está en San Clemente y Buelo, con unos amigos, jugando a las cartas.

El sacerdote dejó escapar un profundo suspiro.

—Eso complica las cosas. Verás, tengo un...
—Se calló de repente, como si le hubiera surgido una duda—. Debo preguntártelo, sabes algo de...
—Se rascó la cabeza—. ¿Cómo te lo digo? A veces, algunos de nosotros ayudamos a ciertos viajeros durante un tiempo. —Se inclinó hacia delante—. ¿Acaso tu abuelo o tu padre te han hablado de esto?

¿Se estaría refiriendo a los guardianes? ¿No eran cosa del pasado?

—¿Se refiere a los guardianes de los escondidos? Sí, me contaron.

El padre Romero parecía aliviado.

—¡Claro, es lógico! Entonces puedo hablar libremente y en confianza. Hace cuatro semanas acompañé a una joven hasta aquí. Rosalina. Sus padres murieron y ella estaba en una situación desafortunada. Tu padre la escoltó hasta el lugar seguro más cercano. ¿Lo recuerdas?

El mes anterior su padre había ido a trabajar durante una semana en un puente de Valencia. ¿Había sido otra mentira?

Asintió.

—Esta noche tengo conmigo a su hermana, Isadora —continuó el sacerdote—. El hombre al que servían ha denunciado la desaparición de ambas y ofrece una gran recompensa por que se las devuelvan vivas. La gente estará deseando capturarlas, así que debemos sacarla de aquí hoy mismo, y es tu padre quien se encarga de eso. No obstante, tu abuelo sabrá qué hacer. Creo que hay un sustituto. Yo la llevaré a la torre y me quedaré con ella hasta que amanezca. Por desgracia, debo irme muy temprano. Si tienes algo de comer, prepáralo, no le vendrá mal; y también algo de abrigo, pues en la torre hay muchas corrientes de aire.

Max le echó un vistazo al patio, pero no vio a nadie.

—Está en la bifurcación —explicó el padre—, y el tiempo apremia.

—Sí, perdón.

Max se apresuró a entrar en la cocina. Allí, en una bolsa grande de la compra, puso pan, un trozo de queso y unos higos, así como una cobija y un viejo suéter de su abuelo que sacó del armario. Luego dejó la bolsa cerca de la puerta.

—Antes de irme, necesito anotar algunas cosas en el mapa —dijo el sacerdote.

Max dudó. El único mapa que había visto en casa era el de Papá.

—¿Ese de los puentes...?

—Sí. ¡Apresúrate!

Max se encaminó hacia la habitación de su padre, pero se detuvo y dio media vuelta.

—¿Fue usted quien trajo a mi mamá?

—No. A tu madre solo la vi una vez, cuando tú eras un bebé. Por aquel entonces escolté a dos mujeres hasta la torre; ella me ayudó a atenderlas y te trajo consigo. Aún no sabías caminar.

Max asintió y sonrió. Así que *no había* sido un sueño. Había estado en las ruinas cuando era un bebé.

Mientras buscaba el mapa, su mente se disparó. Buelo, Tío Rodrigo y sus tías ya no estaban para viajes. ¿A quién le pediría Buelo que fuese el sustituto? ¿En quién más podía confiar? ¿La Srta. Domínguez? Se le ocurrió una idea algo alocada. ¿Y si fuese él acompañando a la escondida? Así conocería al guardián del siguiente lugar seguro, quien quizá hubiera escoltado a su madre y supiera cómo llegar a Mañanaland.

Se llevaría a Lola. Nadie lo molestaría con Lola al lado. Además, ya había ido con Papá a obras situadas en lugares remotos y había dormido al raso, bajo las estrellas. El viaje no sería para tanto; a fin de cuentas, sus tíos y su abuelo lo habían hecho.

Papá estaba convencido de que no era capaz de hacer nada solo, ¡pero sí lo era! Su único cometido sería escoltar a esa mujer y dejarla en manos del siguiente guardián. Según Buelo, el viaje solo duraba tres días. Aunque necesitaría otros tres para regresar. Ir y volver le llevaría más o menos una semana, y aún le quedaría un montón de tiempo hasta las pruebas. Dejaría una nota.

Entró en la cocina y le entregó el mapa al padre Romero.

—*Yo* la llevaré. Algunas veces sustituyo a Papá —mintió.

El sacerdote lo miró con detenimiento.

—No sabía que te hubieran incluido en la red. —Se rascó la cabeza de nuevo—. Pero, ahora que lo pienso, tu padre tenía tu edad cuando empezó. Aun así... —Su rostro expresó inquietud—. El asunto es delicado porque sabemos que la siguen. Sus vidas correrían peligro. Deberíamos...

—Me llevaré a Lola —interrumpió Max, y se irguió—. Además... según usted dijo, esa joven debe marcharse cuanto antes. Estoy seguro de que Buelo no volverá a tiempo. Y quiero hacerlo. Los guardianes ayudaron a mi madre y quiero pagarles el favor. Favor con favor se paga.

La expresión del padre Romero se suavizó. Al sonreír, las comisuras de los ojos se le llenaron de arruguitas.

—Maximiliano, eres el fiel heredero de un noble legado. Prestar este tipo de ayuda es señal de humanidad y desinterés.

Max agachó la cabeza para evitar su mirada. Si el padre supiera la verdadera razón que lo impulsaba a ofrecerse de voluntario, no lo consideraría tan desinteresado.

El sacerdote desplegó el mapa sobre la mesa.

—Estas son mis indicaciones. No salgan del pueblo por la carretera principal, sino por la senda que baja a la ribera por detrás de las ruinas, al oeste de la torre; es empinada, pero discreta. —Recorrió el río con un dedo hasta detenerse en una de las estrellas negras—. Pernocten en la espesura, con los aligustres; Isadora estará demasiado cansada para ir más lejos. La siguiente noche... —continuó, y se saltó varias estrellas hasta llegar a una del lejano norte—, creo que podrían llegar al peñascal. Y la tercera, en función de cómo vaya todo... —concluyó, señalando sucesivamente tres estrellas cercanas al borde del mapa—, en cualquiera de estas.

Max asintió con la cabeza. Las estrellas de tinta negra no eran los sitios de pesca de su abuelo, sino escondites para dormir.

—Sigan el cauce, pero no se acerquen a la orilla, estarían demasiado expuestos. El río es un conocido sendero hacia la libertad y, cuando alguien desaparece y ofrecen una recompensa, la gente suele acechar en las riberas para capturar al fugitivo. No enciendan luces ni hogueras. Si les preguntan, digan que van a Caruso. Queda bastante más al este que su destino, pero está en la dirección correcta. Así no levantarán sospechas.

Max asintió de nuevo.

—Una cosa más. Sigan el río... —dijo el sacerdote, deslizando el dedo hacia el norte, hasta el último círculo numerado de la esquina izquierda— hasta este puente y crúcenlo como de costumbre. —Dio unos golpecitos en un lugar situado fuera del mapa, sobre la mesa—. Después, ya conoces el camino.

Max se inclinó sobre el mapa y frunció el ceño. Pero ¿qué camino? ¡Él no conocía ningún camino! ¿Debería mentir y tratar de convencerlo de que había estado allí pero no se acordaba? Tocó el último círculo, el puente número 38. ¿Cómo iba a averiguar qué había más allá?

—Esa joven me está esperando —dijo el padre Romero enderezándose. Luego estrechó la mano de Max—. Gracias, amigo mío. Ah, y dile a tu padre que la información que me pidió la semana pasada ya está enviada y que ha sido un placer.

El sacerdote agarró a toda prisa la bolsa de suministros, se puso el sombrero y se perdió en la noche.

—¿Qué información? —preguntó Max, pero el hombre ya se había ido.

Se quedó en el umbral unos minutos, tratando de entender lo que acababa de ocurrir. Luego cerró la puerta y volvió a la mesa para mirar el mapa. No le quedaba más remedio que esperar a su abuelo y confesarle lo que había hecho. No obstante, Buelo nunca lo dejaría marchar; en vez de eso avisaría al sustituto.

Examinó la leyenda que contenía el número 38.

38. Puente de los Mil Ánades Reales: cauce ancho y profundo

El corazón le dio un vuelco cuando las piezas encajaron.

¡Claro que *conocía* el camino! Lo conocía de toda la vida. Buelo se había encargado de enseñárselo.

—En el norte —susurró—, escondido en la lejanía, hay un puente secreto. Para llegar a él debes cruzar otro, el Puente de los Mil Ánades Reales, donde los patos no paran de graznar. Más adelante verás lo que parece una cala fluvial sin salida...

Una sonrisa se abrió paso en su rostro.

—¿Sabes qué significa esto, Lola? Que no se trataba de ningún cuento. ¡Era una historia *verdadera*, como Buelo siempre me decía! Ahora lo entiendo todo. El puente secreto conduce al siguiente lugar seguro, y la contraseña que hay que decir es: "Un peregrino de corazón leal"; la guardabarrera es una guardiana, como Papá, el padre Romero, Buelo, Tío Rodrigo, mis tías y ahora... —Tragó saliva al pensar en la tarea que lo esperaba—. Yo.

HOY

Diecisiete

En cuanto amaneció, Max dejó la nota para Buelo y salió de casa. Siguió a Lola hasta la bifurcación y subió con ella por la vereda.

Se acomodó la mochila que había llenado de provisiones: otra manta, ropa, sándwiches de mermelada y tortas de jamón —suficientes para alimentar a Lola y a un ejército entero—, además del mapa, protegido por su funda impermeable. Se sacó el cordón de cuero de debajo de la camisa para que la brújula de su madre colgara por fuera. Si llegaba a perderse, esta lo ayudaría. Además, la escondida recelaría menos porque con la brújula al cuello parecería un experto guardián.

Por encima de ellos, el halcón describía círculos contra el acuoso cielo.

—Ave peregrina, viajera de la tierra prometida —musitó Max—. ¿Eres el espíritu de mi madre o de alguien como ella? ¿Me traes suerte y magia?

Esperaba que el ave al menos lo ayudara a llegar a su destino.

El sol asomó por fin. La tormenta de la noche anterior había lavado el polvo de las piedras y las ruinas. Las telarañas brillaban y la torre centelleaba.

Max sacó la llave de su escondite.

—Muy bien, Lola. A esa mujer hay que advertirle que el viaje será peligroso, pero sin asustarla.

Empujó la puerta de la torre y se asomó al interior.

—¿Hola? —susurró.

Nadie contestó.

Lola le pasó por delante corriendo como una flecha hacia la reja de la escalera, donde olisqueó y tocó los barrotes con las patas.

—¿Hola? —repitió Max un poco más alto mientras se acercaba—. Vengo a ayudar.

Como no obtuvo respuesta, abrió la reja y subió por la escalera con Lola a su lado.

Algo se movió en lo alto. La perra salió disparada

escalera arriba y desapareció, ladrando sin parar. Max corrió detrás.

—¡Lola!

La encontró en la cuarta planta, ladrándole agresivamente a una niña que temblaba hecha un ovillo en el piso. Max se apresuró a sujetar a la perra por el collar.

—¡Lo siento mucho! No tengas miedo. No te hará daño.

La niña se levantó, aún temblorosa. Sujetaba algo envuelto en el viejo suéter de Buelo. Apenas tenía edad suficiente para ir a la escuela. Sus grandes ojos castaños iban de Max a Lola y de vuelta a Max. Se alisó el vestido azul. El espeso flequillo que le cubría la frente estaba cortado en línea recta, justo por encima de las cejas. Una trenza deshecha salpicada de hojas y ramitas le caía casi hasta la cintura. Había más tierra en su ropa y sus mejillas manchadas de lágrimas que en sus rasguñadas botas. ¿Habría dormido fuera? La niña entrecerró los ojos y parpadeó varias veces antes de agacharse y palpar el suelo hasta encontrar unas gafas de montura metálica. Cuando se las puso, sus ojos parecieron aún más grandes y asustados.

El padre Romero no le advirtió que la mujer que debía escoltar tuviera una hija. Antes de poder preguntarle por su madre, vio que el bulto que la niña sujetaba se movía y que un gatito se asomaba por el suéter.

Lola se preparó para abalanzarse sobre él.

—¡Quieta! —ordenó Max.

La perra gimió, pero obedeció.

—Esta es Lola —dijo el muchacho—. ¡No hace nada! De no ser por ese gato, no te hubiera ladrado. Es una perra de aguas portuguesa. Es grande para su raza, pero es muy tranquila, por lo menos con la gente. Te lo aseguro.

A la niña le temblaban los labios y seguía sin decir palabra.

—Yo soy Max, el guardián. He venido a buscar a la escondida. ¿Tú quién eres?

La niña entornó los ojos y retrocedió.

—No tengas miedo —dijo el muchacho—. Tenía que haber venido mi papá, pero está fuera. El padre Romero me dijo que la joven debía marcharse enseguida. —Se irguió cuan alto era—. Y yo tengo que decir: "Soy un peregrino de corazón leal".

El rostro de la niña se relajó un poco. Max miró a su alrededor.

—Tengo que hablar con una mujer que se llama Isadora. ¿Sabes dónde está?

La niña se apartó un mechón de pelo de los ojos, tomó una bocanada de aire y se señaló a sí misma.

Max frunció el ceño. ¿*Ella* era Isadora? ¿Ella era la "joven" que tenía que acompañar? ¡Pero si era muy pequeña! ¿Cómo iba a cuidar de una niña tan pequeña? ¿Cómo iba ella a aguantar el viaje con esas patitas de alambre?

—¿No hay nadie más contigo? —le preguntó.

Isadora abrazó a su gato, otra vez a punto de llorar. Max se llevó las manos a la cabeza y caminó en círculos. Las únicas niñas que conocía un poco eran las hermanas de Chuy. Recordó lo mucho que su amigo se quejaba de ellas; las rabietas que les daban cuando no se salían con la suya; el poco caso que hacían; lo gritonas, pesadas y quejumbrosas que eran.

Un maullido interrumpió sus cavilaciones.

¿Y por qué el padre Romero no le había dicho lo del gato? Un gato podía traer problemas. ¿Y si se escapaba y la niña lo perseguía por el borde de un despeñadero o se ponía a gritar? ¿Y si le daba por maullar cuando estaban escondidos?

—Creo que el gato tendrá que quedarse aquí.

Isadora frunció el ceño y negó enfáticamente con la cabeza mientras derramaba lágrimas en completo silencio.

¡Nadie le había dicho que habría llantos! Max se arrodilló delante de ella.

—Por favor, confía en mí —le dijo con mucha amabilidad—. ¿Y si Lola y él no se entienden?

La niña tendió la mano hacia Lola, que avanzó un poco, olisqueando.

En cuestión de segundos, Isadora le acariciaba la cabeza y el cuello; luego puso el gatito en el piso. La perra se echó al suelo, se acercó arrastrándose hasta el gato y lo empujó con el hocico. El animalito le palmeó la cabeza con la pata, retrocedió y saltó hacia delante con ganas de jugar. Lola le lamió el lomo aplicadamente, como si fuera una mamá gata.

Isadora se enjugó las mejillas y miró a Max con expresión suplicante. El muchacho soltó un suspiro de resignación.

—Está bien. ¿Dónde están tus cosas?

La niña cruzó la habitación y subió por la escalera. Max y Lola la siguieron hasta la última planta. Las piedras allí no tenían inscripciones, excepto una.

FIEL HERMANA, ROSALINA

ESPERA A ISADORA

EN MAÑANALAND

Otra vez esa palabra, *Mañanaland*. Si la hermana de Isadora estaba allí, al igual que su madre, debía ser un lugar seguro. Pero ¿qué clase de lugar?

Como si lo hubiera oído, Isadora le hizo señas desde el rellano, y Max entró en la estancia. Un mural cubría las paredes bajo el techo abovedado. En ciertas partes la pintura estaba descolorida y cuarteada, pero seguía mostrando un paisaje impactante. Empezaba en el rellano, donde una diminuta iglesia se erguía entre edificios calcinados, calles incendiadas y cristales rotos. La gente huía con sus pertenencias mientras los soldados disparaban sobre sus cabezas.

Isadora observaba la pintura mordiéndose los labios.

—Abismo —murmuró Max.

Siguió a la niña, que se paró en la siguiente sección, la cual mostraba una extensa campiña salpicada de casas, graneros, establos y matorrales. En algunos sitios estaba marcada la silueta negra de un halcón, cuyas alas abiertas, cabeza y patas extendidas conformaban una estrella de cinco puntas... una estrella negra.

—El signo del halcón —dijo Max, tocando uno—, indica los lugares seguros para esconderse.

Más adelante, la pared se convertía en un bosque frondoso donde los árboles eran personas y las ramas, brazos extendidos que se tocaban.

—Gente escondida en árboles —dedujo Max.

Isadora cerró los ojos y se estremeció.

¿Qué le habría sucedido durante el viaje?

La niña siguió caminando y se detuvo donde los árboles daban paso a los huertos y viñedos que rodeaban Santa María. Todo estaba allí: el río Bobinado, Nuestra Señora de los Dolores, el puente de Max y, al borde del precipicio, la torre y las ruinas.

A continuación, nubes blancas, moradas y grises se deslizaban velozmente por la pared. De algunas caían rayos; de otras, lluvia. Luego el mural se abría a un paisaje soleado y exuberante: cielo azul, colinas verdes, buganvillas, arbustos cuajados de bayas, árboles cargados de frutos, cascadas que caían sobre grandes remansos creando arcoíris de vivos colores.

Sobre el hermoso paisaje había una palabra: *Mañanaland*.

Mientras Isadora lo contemplaba, sonrió tímidamente por primera vez.

Un rayo de sol atravesó una de las aspilleras y la estancia se llenó de luz. Maravillado, Max giró sobre sí mismo para ver de nuevo todo el mural. No era de extrañar que Tío Rodrigo quisiera conservar la torre.

Isadora acarició uno de los arcoíris. Al contemplar aquella belleza, Max compartió su alegría y su añoranza.

Su hermana la esperaba en Mañanaland. Y, con suerte, su madre lo estaría esperando a él.

Dieciocho

—Más vale que nos vayamos —dijo Max.

La manta que había enviado con el cura la noche anterior estaba extendida en medio de la habitación. Sobre ella descansaban las sobras del pan y el queso y una cajita de madera del tamaño de un puño, en cuya tapa se veía un árbol hermosamente tallado. Isadora la tomó y la deslizó en el bolsillo de su vestido, después metió la manta y la comida en la bolsa de la compra. A continuación anudó las mangas del suéter de Buelo por los puños, pasó la cabeza por el lazo y estiró el borde hacia su espalda para atar las esquinas. De este modo preparó un cabestrillo sobre su pecho para acomodar al gato.

¿Cómo sabía hacer algo así?

Salieron de la torre y, siguiendo las indicaciones del padre Romero, bajaron en fila por una senda empinada y angosta que discurría entre el espeso follaje y una pared de calistemos. El suelo cubierto de barro les succionaba los zapatos. Max miró hacia atrás a Isadora, que ya se había caído una vez. La niña llevaba el brazo izquierdo metido en el cabestrillo, quizá para acariciar al gato, y se servía del derecho para agarrarse a las ramas y equilibrarse. Max esperaba que no retrasara demasiado la marcha.

Cuando por fin llegaron a la orilla del río, se dirigieron hacia el norte hasta que el chapitel de Nuestra Señora de los Dolores fue tan solo una manchita remota. En la tierra de los cien puentes, ahora había menos de estos y estaban más alejados unos de otros.

Max agradeció que, según parecía, no los estuvieran siguiendo y que el tiempo, de momento, fuese agradable. Salvo por los pájaros, lo único que se oía era la respiración acompasada de Isadora, el jadeo de Lola y algún que otro maullido.

Con el transcurso del día, la niña fue rezagándose más y más. En una ocasión hasta hizo un alto para recoger un guijarro de un arroyo. Max retrocedió a toda prisa para apurarla. Si se paraba cada dos por tres, ¡él nunca daría con la guardabarrera ni podría volver a casa a tiempo para las pruebas del equipo!

Isadora no volvió a pararse. Después de eso, siguió el ritmo impuesto por Max.

A última hora de la tarde llegaron a una zona de frondosos aligustres, un lugar que Buelo había marcado en el mapa. Max se abrió paso entre la espesura, apartando las ramas para Isadora, hasta dar con un pequeño claro cercano al río.

—Nos quedaremos aquí a pasar la noche.

Extendió las mantas en el suelo, una junto a la otra. Después sacó agua, comida para los animales y una torta que le entregó a la niña. Max la observó mientras ella comía diminutos pedacitos de pan y de jamón, y le daba el resto a Lola y al gato.

—Deberías comer más. Tienes que estar hambrienta, y hay comida de sobra.

Isadora se encogió de hombros. Sentada en la manta, miró río arriba mientras se frotaba la muñeca izquierda.

Seguía sin decir nada. ¿Le tendría miedo?

—Necesitas comer —insistió Max amable-
mente, tendiéndole más pan con jamón—, para
reponer fuerzas.

Isadora masticó en silencio, pero evitaba mirarlo
a los ojos.

El mundo que los rodeaba se fue decolorando
paulatinamente hasta volverse negruzco; estaba
todo tan oscuro que era difícil distinguir dónde
acababa el río y dónde empezaba el cielo.

En la quietud de la noche, las frustraciones de
Max se apaciguaron. Pese al ritmo lento de Isadora,
habían conseguido llegar al siguiente sitio para
dormir antes de la puesta de sol. Y nadie los seguía.
Al cabo de dos jornadas estarían en la cueva de la
guardabarrera. Entonces encontraría las respuestas
que buscaba y regresaría a casa.

Se sentó enfrente de Isadora.

—Debería hablarte del siguiente guardián,
o más bien guardiana, para que sepas lo que nos
espera —le dijo. La niña se inclinó hacia delante—.

Yo en realidad no la conozco, pero Buelo, mi abuelo, me contó *todo* acerca de ella. Al principio pensaba que no era real, sino un personaje de un cuento que a Buelo le gustaba contarme.

Las sombras se ennegrecieron. Los grillos cantaron y el lento golpeteo del agua contra la orilla siguió el ritmo. La vocecita de Isadora sumó al rumor nocturno un tintineo de campanas de cristal.

—Me gustan los cuentos.

Max sonrió en la oscuridad.

—A mí también.

La niña se quitó el cabestrillo, lo dobló y recostó la cabeza sobre él junto a la de Lola. El gato se acurrucó sobre su pecho.

Max se tumbó bocarriba con la cabeza apoyada en las manos y se imaginó a sí mismo en casa, con Buelo; casi podía oler el romero seco de la chimenea.

—Escondido en la lejanía, hay un puente secreto y una guardiana muy especial: la guardabarrera. Se llama Yadra. Algunos dicen que es una bruja, pero no te preocupes, lo más probable es que sea mentira. Cuando Buelo la conoció, ella le sirvió té en una taza de porcelana, y alguien así no puede ser antipático, ¿verdad?

Max pensó en todas las veces que su abuelo le había contado esa historia a lo largo de los años para que se la aprendiera bien. ¿Habría estado preparándolo para ser guardián?

—Sigue —musitó Isadora.

—Vive bajo el puente secreto, en una cueva. Buelo dice que es una cueva muy abarrotada, porque la guardabarrera colecciona muchas cosas. Si pierdes algo, debes ir a verla, pero muy pocos se atreven...

No se lo contó todo. Se calló lo de tener el mañana en la mano, pero siguió hablando hasta que la niña comenzó a respirar de forma más pausada y sonora. Entonces tiró del borde de la manta para taparlos a ella y al gato. Dormida, la niña daba la impresión de ser aún más pequeña.

Estaba a punto de abrigarse él mismo cuando oyó una rama partirse. Lola irguió la cabeza de inmediato, con las orejas tiesas. Algo golpeó el suelo y quebró más ramas. Max se quedó inmóvil y contuvo el aliento. Entonces, con igual rapidez, la noche recobró el silencio.

Volvió a respirar. Sería un animal que iba de cacería. Había dormido a la intemperie con Papá muchas veces y siempre oía ruidos raros. Este debía de ser un lugar seguro para dormir, si no, no lo habrían marcado en el mapa.

Una línea brillante cruzó el cielo. Max escuchó la voz de Chuy en su cabeza: "¡Una estrella fugaz! ¡Corre, pide un deseo! Se cumplirá".

Unas semanas atrás, hubiera pedido ir a la academia de fútbol y tener unos botines Volantes y pasar las pruebas para entrar al equipo del pueblo. Hoy su vida era un desbarajuste. Quería encontrar a su mamá y demostrarle que era un buen muchacho; quería devolverle la brújula y conseguir que volviera a casa para que Papá dejara de buscarla y creyera de nuevo en los finales felices; y quería conseguir la prueba de que había nacido.

Aunque no pudiera encontrar a su madre, aún acompañaría a Isadora hasta el siguiente lugar seguro y, al menos, le demostraría a Papá que era capaz de hacer cosas por sí mismo. Y si la guardabarrera lo consideraba de corazón leal, quizá lo condujera por esa travesía río arriba donde tendría el mañana en la mano.

Al contemplar el interminable cielo, se sintió pequeño e insignificante. Papá no aprobaría lo de pedirle un deseo a una estrella, pero Max cruzó los dedos de todas formas.

—Deseo saber qué será de mi vida y si el camino que estoy siguiendo me llevará adonde quiero ir.

Diecinueve

Cuando se despertó, la otra manta estaba vacía y la niña y todas sus cosas habían desaparecido, incluido el gato. Lola tampoco estaba por ningún sitio. Max se levantó de un salto, con el corazón desbocado.

—¡Isadora! ¡Lola! —llamó frenéticamente por el campamento.

Oyó un ladrido y siguió el sonido entre los aligustres hasta que encontró a la niña río arriba, en la ribera. Recogía flores silvestres, con los animales al lado. Max se acercó corriendo.

—¡Isadora, no puedes marcharte sin avisarme!

La niña lo miró con los ojos muy abiertos. Dejó caer las flores, tomó en brazos al gato y se apartó, asustada. Max levantó las manos.

—No, no, yo no... no voy a hacerte daño. Estaba *preocupado*. No sabía dónde te habías metido. —Señaló el tocón de un árbol—. Quédate ahí hasta que regrese a buscarte. ¡Por favor! —añadió.

No quería asustarla, pero no podía arriesgarse a que se perdiera. Isadora se dirigió al tocón y se sentó muy derecha. Lola se quedó a su lado con la cabeza gacha, como si la hubieran regañado a ella. Max volvió de prisa al campamento.

Mientras llenaba su mochila a todo correr, divisó una tenue columna de humo río abajo, junto a la orilla. A juzgar por la distancia, la hoguera del posible campamento se encontraba a unas horas de allí. No obstante, la posibilidad de que alguien los estuviera siguiendo le cayó como una piedra en el estómago. Cuanta más distancia pusieran entre ellos y quienquiera que estuviese en la orilla, mejor. Consultó el mapa y volvió corriendo a donde estaba Isadora.

—¡Vámonos!

La niña lo siguió y permaneció cerca de él. Durante la mañana, solo se distrajo momentáneamente cuando se paraba a contemplar las libélulas o a recoger una pluma y guardársela en el bolsillo del vestido.

Aunque había nubes, el sol quemaba. Por suerte, durante la mayor parte del día pudieron caminar a la sombra de los robles que bordeaban la orilla. Al atardecer, se toparon con un arroyo atravesado por un enorme tronco. Tendrían que cruzarlo para mantener el rumbo. Max trepó a un extremo y ayudó a Isadora a subir; pero una vez arriba, la niña retrocedió y se quedó paralizada, aferrando el cabestrillo. Meneó la cabeza.

—No... no puedo —dijo.

Max suspiró.

—Este arroyo es poco profundo. Estoy seguro de que hasta podríamos cruzarlo caminando. Además, si te caes, saltaré para ayudarte. Lola también. Y si no, nadas. Porque sabrás nadar, ¿no?

—Sí, pero... no me gusta mirar para abajo.

Impaciente, Max le quitó la bolsa y se la colgó del hombro.

—Aquí hay muy poca altura. Dame la mano.

Poco a poco, y de lado, fueron avanzando

hacia el centro del tronco, pero la niña se paró de nuevo.

—Vamos —la animó Max.

Isadora miraba fijamente el agua y respiraba hondo.

Se tambaleó, y Max le sujetó la mano con más fuerza.

—¡No mires para abajo! Mírame a mí y da un paso. Puedes hacerlo.

Isadora desvió la mirada hacia Max, quien jaló suavemente de ella. Fueron arrastrando los pies a lo largo del tronco, pasito a pasito. Cuando por fin llegaron a la otra orilla, Isadora se le acercó y le dio un abrazo.

—¡Gracias! —dijo.

Max sintió que le ardían las mejillas. Le dio unas torpes palmaditas en la espalda.

—¿Ves? Podías hacerlo.

De pronto sintió ternura. A pesar de su edad, Isadora ponía todo su empeño en ser valiente. Le devolvió el abrazo.

—Ven. Vamos a buscar el otro sitio para pasar la noche.

Oscurecía cuando Max vio un terreno cubierto de grandes rocas: ¡el peñascal! Al pasar por detrás del peñasco más alto, descubrió una cavidad donde podían resguardarse.

—Aquí —dijo, asintiendo con la cabeza—. Este es el lugar.

Isadora extendió las mantas mientras él recogía agua del río y alimentaba a los animales. Lola olisqueaba las rocas y el gato estaba al acecho de una lagartija que se escabulló velozmente.

Cuando la niña se sentó en su manta, Max le tendió un sándwich de mermelada. Ella le dio una probadita, miró el pan y mordió otro bocado.

—¿Te gusta la mermelada de higos? —preguntó Max.

La niña le sonrió debilmente.

—Mi mamá... —Se detuvo; se le habían empañado los ojos.

—¿Tu mamá la hacía? —preguntó Max con dulzura.

—Todos los años. Después le regalábamos un frasco a cada vecino. Mi papi decía que los mejores regalos eran los que preparaba uno mismo. A él le gustaba trabajar la madera. —Isadora extrajo la caja de su bolsillo y acarició el árbol tallado en la tapa—. Me la hizo él. Es la higuera de casa.

—Mi abuelo tiene dos hermanas —dijo Max, con la esperanza de prolongar la conversación—, Amelia y Mariana. Son mis tías abuelas, pero más como si fueran mis abuelas. Mariana también tiene una higuera y yo solía ayudarla a preparar la mermelada. Pelaba y aplastaba los higos. Esa era mi parte favorita. Cuando los cocíamos, ella me acercaba una silla al fogón y me dejaba ponerme de pie en el asiento.

A Isadora se le iluminaron los ojos.

—Mi mami también hacía eso.

—Mariana ponía su mano sobre la mía y los dos sujetábamos la cuchara de madera para remover —dijo Max—. La cocina olía muy bien, a dulce...

Isadora suspiró.

—Mi mamá me hacía una coleta...

Hablaba tan bajito que Max tuvo que inclinarse para oírla.

—El vapor de la cocina me rizaba el pelo. Rosalina me llamaba "peloesponja". Mami echaba un poco de mermelada caliente en un plato y me dejaba probarla.

—¡Mariana hacía igual! —exclamó Max, recordando la pequeña y agradable cocina y el cuidado con que llevaba el frasco de mermelada a casa para mostrárselo a Buelo y a Papá.

El gatito depositó con orgullo un rabo de lagartija sobre la manta, a modo de ofrenda. Max le acarició la cabeza.

—Vaya cazador —dijo, y mirando a Isadora añadió—: ¿Tiene nombre?

—Churro. Cuando mi mami era pequeña tuvo un gato de este color que se llamaba Churro.

El gato era del color de la masa frita rebozada en canela y azúcar.

—Le va bien el nombre —dijo Max.

La niña se tumbó en la manta con el gato y se frotó la muñeca.

—Isadora, ¿te duele? —preguntó Max.

La pequeña cerró los ojos y no contestó. ¿La habría agarrado con demasiada fuerza cuando cruzaron el arroyo? Esperaba que no.

Aunque era de noche, la luna había salido con ganas de alumbrar. Max esperó a que Isadora se durmiera para trepar a lo alto del peñasco, sirviéndose de las rocas más cercanas para subir. Desde la cima se podía ver muchos kilómetros a la redonda. En ese lugar el río era menos hondo y su golpeteo contra la rocosa orilla sonaba como la lluvia.

Deslizó la mirada por el horizonte, aguas abajo, hasta distinguir el resplandor de una hoguera.

Ya no cabía duda: alguien los seguía.

Veinte

Max durmió a ratos, soñando con gente que los perseguía y que acechaba en las riberas empuñando antorchas y escopetas.

Antes del amanecer, abrió los ojos de golpe y se sentó, con la respiración rápida y superficial.

Una ligera niebla cubría el río; el mundo era gris y silencioso. Pese a lo temprano de la hora, estaba ansioso por continuar. Despertó a Isadora y, tras compartir con ella otro sándwich de mermelada, se pusieron en marcha. No hacía más que pensar en el día siguiente, cuando conocerían por fin a la guardabarrera. Apretó el paso y la niña le siguió el ritmo.

A mediodía llegaron a un puente cuyos muros estaban cubiertos por moreras cargadas de moras maduras. Ambos se abalanzaron sobre los frutos, se llenaron la boca y le dieron puñados a Lola. Enseguida tuvieron la panza llena y las manos manchadas. Churro no las quiso ni probar.

Mientras se lavaban la cara y las manos en el río, Lola salió brincando de los arbustos para unirse a ellos.

—¡Puf, Lola! ¿Dónde te metiste? ¡Hueles muy mal! —se quejó Max.

Isadora se tapó la nariz.

—Seguro que se ha revolcado en la caca de algún animal.

Max tosió y se abanicó con la mano. No podían seguir adelante con Lola apestando de aquella manera. Agarró un palo y lo lanzó al río, lejos del puente.

—¡Búscalo, Lola!

La perra saltó al agua como impulsada por un resorte y aterrizó provocando una gran salpicadura, tras lo cual pataleó estirando la cabeza en dirección al palo flotante. Cuando volvió, Max lanzó el palo todavía más lejos.

—Otra vez, Lola. Ánimo, después apestarás menos.

Isadora soltó una risita.

—Le encanta nadar —explicó Max—. Es un perro de aguas, como te dije. Por eso los pescadores llevan a los de su raza en los barcos. Es capaz de rescatar cualquier cosa que flote. Solo tengo que ordenárselo.

—¡Eh, ustedes! —gritó alguien detrás de ellos—. ¡Ustedes, niños! ¿Quién está en el río?

Max e Isadora se voltearon, sobresaltados.

Un hombre se asomaba por el pretil del puente, casi encima de ellos. Sostenía un rifle.

—Me paré a la sombra para almorzar y oí un chapoteo. ¿Están todos bien?

Max distinguió una maltrecha camioneta verde estacionada bajo un gran roble, al otro extremo del puente. Se le revolvió el estómago. ¡No tenían que haberse acercado al río!

—Es nuestra perra —contestó a voces—, le encanta nadar.

El hombre los miró con atención y después miró a su alrededor.

—¿Qué hacen aquí solos?

—Vamos... vamos a la casa de nuestra tía —contestó Max—. Vive en Caruso.

—Pues se han perdido —dijo el hombre, meneando la cabeza—. Yo soy de un pueblo que está a una hora de aquí yendo al norte, y voy a otro que está a otra hora de aquí rumbo al sur. Una hora en carro, claro, no a pie. Y entre ambos pueblos no hay nada. Caruso está a varias horas de aquí. Tienen que cruzar el próximo puente y tomar al este.

—Sabemos cómo ir —contestó Max.

—¿En serio? —El hombre se puso las manos en las caderas y ladeó la cabeza, como si dudara de la afirmación—. Bueno, es que esta mañana oí decir que la policía anda buscando a dos muchachas desaparecidas y que ofrecen una gran recompensa por ellas. ¿Las han visto?

Isadora se encogió lo más posible detrás de Max.

—No —respondió el muchacho—. No hemos visto a nadie.

El hombre se frotó la barbilla.

—Es mejor que vengan conmigo. No deben estar solos por acá, es peligroso. Los llevaré a la estación de policía más cercana. Desde allí podrán llamar a su tía para que venga a buscarlos.

Lola salió del agua chorreando, con el palo entre los dientes. En cuanto vio al hombre, comenzó a gruñir amenazadoramente. Max la sujetó rápidamente de la correa, se puso la mochila y agarró la bolsa de Isadora.

—Sígueme —susurró—. ¿Podrás seguirme el paso?

Isadora apretó el cabestrillo y asintió.

—Gracias —añadió Max en voz alta—. Ahora subimos.

El hombre saludó con la mano y se dirigió a la camioneta.

En cuanto les dio la espalda, Max, Isadora y Lola cruzaron disparados el ojo del puente y siguieron corriendo por la orilla. Oyeron que el hombre les gritaba.

—¡Esperen! ¡Paren! ¡Los voy a denunciar!

No miraron atrás. Corrieron y corrieron hasta que les faltó el aire.

Max trepó por una ladera abrupta hasta llegar a la cumbre, con Lola jadeando a su lado. Isadora hacía lo posible por no quedarse atrás, pero se resbalaba con las piedras sueltas y en una ocasión se cayó de rodillas cuando el lugar donde apoyó el pie cedió.

Max la ayudó a llegar a la cima, donde se agacharon para recuperar el aliento.

La niña tenía el vestido desgarrado, las piernas rasguñadas y el cuerpo tembloroso. Se colgó del brazo de Max.

El muchacho reunió valor para echar un vistazo por el borde de la colina; esperaba no encontrarse cara a cara con el cañón de un rifle.

Veintiuno

La camioneta aceleraba por el puente, alejándose de ellos.

—¡Se va! —exclamó Max, aliviado.

Las lágrimas de Isadora dibujaban surcos en sus polvorientas mejillas.

—No puedo volver... No puedo...

—Escucha, a ese hombre le tomará al menos una hora llegar al próximo pueblo y necesitará tiempo para denunciarnos a la policía. Tardará otra hora en volver. Eso son dos horas, como mínimo. Para entonces ya estaremos lejos, río arriba, y mañana por la mañana llegaremos al puente secreto. Pero tenemos que movernos ya.

Daba la impresión de que el llanto de Isadora la había enraizado a la tierra.

¿Cómo consolaba Chuy a sus hermanas? A veces las sobornaba con un dulce o un helado, o les contaba algo gracioso, o les prometía que iba a mostrarles algo que no habían visto nunca.

—Arrorró, arrorró, shh, shh —dijo Max—. ¿Sabes una cosa, Isadora? *Yo* también quiero ir al próximo lugar seguro. ¿Y sabes por qué? Porque guardo un gran secreto.

Le tendió la mano. La niña la tomó y permitió que la ayudara a levantarse.

—Si seguimos caminando, te contaré una cosa que no le he contado a nadie jamás.

Isadora tomó una bocanada de aire.

—¿Ni a tu mejor amigo? —preguntó.

—Ni a mi mejor amigo —aseguró Max, muy serio—. ¿Quieres que te cuente de él?

Isadora se enjugó la cara con el borde del vestido y asintió con la cabeza.

—Se llama Chuy —dijo Max.

Hablaba deprisa. Le contó de su pelo rapado, de sus hermanitas, de la poza secreta y de sus sueños futbolísticos. Los recuerdos lo inundaron de una sensación tan sabrosa y dulce como la leche quemada. Entonces recordó lo que le había dicho a Chuy, de que era un perrito faldero. Deseó no habérselo dicho nunca y que alguna vez lo perdonara.

—Tú tienes a Rosalina, pero yo no tengo hermanos. No tengo a nadie que tenga mis mismos recuerdos, o casi. Lo más parecido a eso que tengo es Chuy.

—Entonces, ¿por qué no le contaste tu secreto? —preguntó Isadora.

Max se paró a pensar. ¿Por qué no se lo había contado? Podía confiar en él. Seguro que no se lo diría a nadie. ¿Por qué había perdido el tiempo poniéndose celoso y enojándose?

—Se lo contaré cuando vuelva a casa, pero antes te lo contaré a ti.

—¿Estás huyendo? —preguntó ella—. ¿Vives con alguien horrible que te da miedo?

—¡No! Papá es muy bueno y Buelo también. Me quieren mucho. Y mi tío y mis tías, igual. Todos me quieren.

Isadora lo miró con sus grandes y solemnes ojos.

—Tienes suerte.

Max sintió una punzada en el pecho: él tenía muchas personas que lo querían, Isadora no. De pronto sus problemas le parecieron insignificantes.

—¿Cuál es tu secreto? —preguntó la niña.

Max dudó. ¿Debería contárselo? Quizá Isadora se sintiera mejor al saber que su madre era de Abismo, como la de ella, y que él también tenía problemas, pese a todo lo bueno que había en su vida.

—Mi mamá fue una escondida.

—¿Igual que Rosalina y yo?

—Igual. Se marchó cuando yo era un bebé —explicó Max, y le mostró la brújula—. Esto era suyo. Se lo dio su madre.

—Para que siempre encontrara el camino —dijo Isadora.

Max sonrió.

—Quizá. Sin embargo, un día la perdió. Papá la encontró después de que ella se marchara. Él fue quien me la dio. Quiero hablar con la guardabarrera para que me diga cómo puedo dar con ella en Mañanaland...

Una vez que se puso a hablar, le resultaba imposible callarse. Se lo contó todo: sobre los papeles que su mamá se había llevado y cómo le había robado el espíritu a su papá, y de cómo quería averiguar qué sería de él.

Isadora le apretó la mano.

—La guardabarrera sabrá dónde está tu mamá.

—Sí —dijo Max—, eso espero.

Durante el resto de la tarde fingió que se concentraba en seguir el rumbo, pero tenía los nervios de punta.

En aquella zona tan remota, los puentes no eran solo para peatones, sino también para vehículos, por lo que seguía pendiente de la camioneta verde al tiempo que disimulaba para no preocupar a Isadora.

Cuando se detuvieron a descansar un rato, sacó el mapa y lo estudió de nuevo para comprobar que se mantenían lo más lejos posible de las carreteras. Miró de reojo a la niña, que recostada a un árbol con los ojos cerrados acariciaba a Churro con sus manitas. ¿Cuánto podría aguantar antes de cansarse demasiado? ¿Hasta dónde podrían llegar antes de que anocheciera? La decisión que había tomado de llevarla hasta el próximo guardián le pesaba como un saco de piedras.

Sin embargo, la niña continuaba, estoica y decidida. Cuando se puso el sol, habían conseguido llegar al lugar de descanso marcado en el mapa y situado bajo el dosel de un inmenso sauce llorón cercano al río.

Se prepararon para su última noche, con Lola entre los dos, como siempre. Sobre ellos se extendían ramas anchas y bajas; las delgadas y frondosas caían a su alrededor como si fueran cortinas, escondiéndolos del resto del mundo.

Isadora examinó su vestido.

—Si hubiera más luz, podría coserlo.

—¿Sabes coser? —dijo Max, asombrado. ¡Con lo pequeña que era!

La niña extrajo la caja de madera del bolsillo y la abrió. Contenía tijeras, varias agujas, hilo, un puñado de botones y un dedal.

—Mami nos enseñó —dijo bajito—. Mis pespuntes no me quedan tan rectos como los de Rosalina, pero algún día seré una buena costurera. De noche, cuando cosíamos, mi papi nos contaba cuentos mientras trabajaba la madera. Yo siempre le pedía otro más.

—No me extraña que te gusten.

—Mi mamá cosía cortinas en la fábrica y mi papá arreglaba las máquinas. Trabajaban muchas horas. Era un lugar triste. Después... Rosalina y yo nos quedamos sin casa.

—¿Quieres decir que tus padres murieron? —preguntó Max.

—Sí. —Isadora hablaba despacio, como si las palabras fuesen montañas empinadas que costaba mucho escalar—. La policía dijo que podíamos seguir juntas si limpiábamos la casa de un señor muy importante. El señor prometió que nos dejaría ir a la escuela, pero no fue así. Yo se lo pedía a diario y a él no le gustaba. Un día me agarró la mano para que dejara de pedírselo y... me la retorció. —Hizo un gesto de dolor—. Me la partió.

A Max se le revolvió el estómago. Pobre Isadora.

La respiración de la niña se aceleró, y sus palabras también.

—Rosalina llamó al médico, pero este dijo que no podía escayolarme la mano hasta que no pasara la hinchazón. Me hizo un cabestrillo con un suéter y me preguntó qué me había pasado. El señor importante no quería que se lo dijera, pero yo se lo conté todo. El señor se enfadó mucho y dijo que estaba mintiendo. —Miró a Max con ojos suplicantes—. Pero no mentía. Te lo juro. —Se mordió los labios.

—Te creo —dijo Max.

Isadora se sentó y se inclinó hacia delante.

—El médico nos dijo bajito que el señor quería *casarse* con Rosalina cuando cumpliera catorce años. ¡Y los cumplía en unas semanas! Rosalina se puso a llorar. Entonces el médico nos advirtió que alguien vendría a ayudarnos.

—¿Y así fue? —inquirió Max.

—Sí. Al día siguiente, cuando la cocinera volvió de la iglesia, nos dijo que los curas necesitaban que les cosiéramos unas sotanas porque habían oído decir que éramos buenas costureras. El señor importante dijo que yo no sabía coser, pero la cocinera le contestó que podía hacer ganchillo con una sola mano y que aquel asunto era muy importante para la iglesia. Luego nos llevó a la casa de al lado de la capilla, pero no a coser. Esa noche llegó un guardián y se llevó a Rosalina. Yo le pedí que me llevara también, pero el médico no me dejó marchar sin la escayola. Por fin me la puso y, durante un mes, todo lo que podía hacer era recoger flores del jardín y ponerlas en jarrones en la capilla. En las noches lloraba pensando en Rosalina, pero sin hacer ruido. La cocinera me dijo que podía llorar, pero bajito, para que no me encontraran.

—Y el... señor, ¿no fue a buscarlas a la iglesia?

—Sí. Las primeras dos veces la cocinera le dijo que todavía nos quedaban muchas sotanas por coser. La tercera vez, el señor se enojó muchísimo. Le gritó que el próximo sábado nos sacaría de allí. No sabía que Rosalina ya no estaba, claro. La noche siguiente, el médico me quitó la escayola y me llevó a un lugar seguro.

—¿Y qué pensaba decirle la cocinera al señor?

—Que habíamos desaparecido.

—Debiste sentir mucho miedo —dijo Max.

—No me daba miedo irme, sino quedarme. Le tenía mucho miedo al... señor. —Isadora se tumbó de nuevo y observó las ramas—. Este es un buen árbol. Nosotros nos escondimos en árboles.

Max recordó el mural de la torre.

—¿Mientras huías?

—Sí. La gente buscaba a los fugados por el bosque. Cuando el guardián los veía, trepábamos a un árbol y nos sujetábamos con fuerza a una rama. No podíamos hacer ruido mientras nos pasaban por debajo. Yo no quería mirar. Ni abrir los ojos. Me quedaba muy quieta y callada, pero cuando se iban y estábamos a salvo, no hacía más que llorar y llorar. También temblaba.

A Max se le hizo un nudo en la garganta.

—Isadora —dijo con voz ahogada—, eres la persona más valiente que conozco.

La oscuridad de la noche era absoluta. Isadora bostezó.

—Después del bosque, vino a buscarme el padre Romero —dijo, y abrazó al gato—. Encontré a Churro camino a esa torre tan linda. Me gustaría haber grabado mi nombre en la pared junto al de Rosalina, para mostrar a todos lo lejos que llegué.

Las hojas murmuraban sobre sus cabezas, el río gorgoteaba y un ruiseñor cantaba a lo lejos.

—Yo grabaré tu nombre —dijo Max—, te lo prometo.

—Gracias —susurró Isadora, con los ojos ya cerrados.

Max miró fijamente a la negrura, incapaz de calmarse. ¿A qué destino espantoso se enfrentaría Isadora si la atrapaban y la devolvían a Abismo? La preocupación lo tenía en vilo. Sentía que algo feroz y enorme le crecía por dentro, algo aún mayor que el deseo de encontrar a su madre, unas inmensas alas protectoras que no paraban de aletear con la resolución de poner a salvo a la niña.

A cualquier precio.

Veintidós

El Puente de los Mil Ánades Reales era de piedra del rojo más pálido.

Sus tres arcos y sus correspondientes reflejos creaban una cadena de globos rosados en el cristalino y perezoso río. Al sol de la mañana, parecía el umbral de una tierra mágica.

Aunque era largo, solo medía unos cuatro metros y medio hasta la clave; el pretil tenía un banco corrido y anchas losas de coronamiento. Era evidente a qué debía su nombre: bandadas de patos chapoteaban en el agua o se acurrucaban en los herbosos montículos que flanqueaban las orillas. Lola no paraba de ir hacia el agua y volver, gimiendo y rogando que la dejaran rescatar a esos animalitos. Max le puso la correa, pero los patos siguieron alzando el vuelo y emitiendo sonoros graznidos.

Aunque una vez que cruzaran el puente y se

alejaran un poco estarían a salvo, Max era incapaz de relajarse. Momentos antes, había tenido la impresión de oír el motor de un carro, pero el sonido desapareció enseguida. ¿Se lo habría imaginado? Su mirada saltaba de ribera en ribera.

Sintió alivio cuando al fin divisó a lo lejos una pequeña playa curva enmarcada por paredes rocosas, lo que parecía una cala fluvial sin salida.

Señaló aguas arriba, más allá del río y de la margen izquierda.

—¡Mira, Isadora! Allá es donde vamos.

La ribera estaba cubierta de espesa vegetación que les entorpecería el paso pero, según Buelo, hasta el puente secreto y la guardabarrera solo había otra hora de camino.

Tomó a la niña de la mano y ambos se apresuraron a cruzar el puente. Casi habían llegado al centro cuando Lola gruñó y se negó a seguir. Max miró en torno; no veía ni oía nada.

—¿Qué pasa, chica?

Lola plantó las patas con firmeza en el empedrado

y comenzó a gruñir. Entonces fue cuando el chico vio la camioneta verde del día anterior en el otro extremo. Avanzaba despacio, en perpendicular a la calzada para cerrarles el paso. Tras detenerse, el conductor se bajó sujetando el rifle contra un costado.

Isadora se agarró a Max, quien apenas podía refrenar a Lola, que ladraba e intentaba abalanzarse sobre el recién llegado.

—¡Más te vale calmar a ese perro! —gritó este.

—¡Quieta, Lola! —ordenó Max.

El hombre avanzó unos pasos.

—Hablé con la policía —dijo a voces—. Esa es una de las desaparecidas y dan una buena recompensa por ella. Cualquiera que vaya a Caruso tiene que cruzar este puente y los patos son buenos centinelas. No intenten escapar de nuevo; tengo un socio esperando al otro lado. —Alzó la cabeza para señalarlo.

Max se volteó. Un agente de policía esperaba en la entrada del puente. Tras él, entre la espesura, se distinguía una patrulla.

—¡No queremos más que a la niña! —gritó el hombre.

—No —dijo Isadora, temblando.

Max se puso tenso. ¿Qué podía hacer? La culpa era suya. Jamás debería haber fingido ser el sustituto de Papá. El padre Romero le advirtió que sus vidas correrían peligro y, pese a todo, había emprendido estúpidamente aquel viaje, por razones simplemente egoístas. ¿Cómo pudo pensar que podría ser responsable de la vida de otra persona? ¿Cómo iba a entregarla ahora?

—Por favor, no dejes que me lleven —rogó ella.

El miedo se apoderó de Max, que abrazó a la niña.

—No siga acercándose, la está asustando —le gritó al hombre—. Deje... deje que me despida.

—Muy bien, pero date prisa. Después que venga aquí.

Max se arrodilló sobre una rodilla frente a Isadora para quedar a su altura y cerró las manos para que no le temblaran.

—Lo siento, Isadora. No quería que esto acabara así. Por favor, perdóname.

La niña respiraba agitadamente y lloraba en silencio. Max se esforzó por no llorar también.

—Se me ocurrirá algo. Los seguiré. *Te encontraré*, lo prometo —afirmó, pero al momento supo que eso sería imposible. El hombre iba en camioneta, él, a pie.

—No... no me... dejes —tartamudeó Isadora.

Max miró a un extremo y a otro de la calzada. No veía ninguna forma de escapar.

"Un guardián debe estar preparado para improvisar en cualquier momento", recordó.

—A cualquier precio —dijo bajito, y tomó a Isadora de la mano—. Se me ha ocurrido algo, pero tendrás que ser más valiente que nunca. Dame a Churro, las gafas y el costurero, y quítate el cabestrillo.

Los labios de la niña temblaban.

—Confía en mí —rogó Max.

Isadora sollozó e hipó, pero hizo lo que le pedía.

Max se puso la mochila sobre el pecho, guardó las gafas y el costurero en los bolsillos más pequeños y el cabestrillo al fondo del más grande, encima colocó al gato y cerró la solapa.

—Deja la bolsa, no nos hace falta.

Isadora miró al hombre en un extremo del puente y al policía en el otro.

—¿Hacia... qué... lado voy? —preguntó con voz ahogada.

—Hacia ninguno —susurró Max—. Haz lo que yo te diga. Vamos a tomar un atajo.

Soltó a Lola, le ordenó que se quedara y se guardó la correa en el bolsillo del pantalón. A continuación, sujetó a la niña por las axilas y la subió primero al banco y luego al pretil.

—No mires para abajo, mírame a mí. Esta es nuestra única oportunidad. ¿Lo entiendes? —dijo, clavándole los ojos.

La niña asintió y se mordió los labios con tanta fuerza que se sacó sangre.

Cuando los hombres se dieron cuenta de lo que se proponían, corrieron hacia ellos agitando las manos y gritando, pero ya era demasiado tarde.

Max e Isadora habían saltado.

Veintitrés

La zambullida fue fría y el agua se arremolinó a su alrededor. Max vio a Isadora entre burbujas, con las mejillas hinchadas para contener el aire y el vestido inflado como un globo. Le indicó por gestos que pataleara, y ambos emergieron al mismo tiempo, jadeando.

Max abrió la solapa de la mochila y Churro le saltó encima, clavándole las uñas en la cabeza y el cuello. El muchacho lo agarró por la nuca y lo sostuvo sobre el agua.

Los hombres intentaban acercarse al punto desde donde habían saltado, pero los ladridos y los gruñidos de Lola los obligaban a retroceder.

Max dio unas brazadas para alejarse del puente.

—¡Lola, ven! —gritó.

La perra saltó del pretil. Cuando cayó al río, todos y cada uno de los ánades reales levantaron el vuelo. Sin hacerles ningún caso, fue hasta los niños.

Mientras tanto, Isadora se hundía, con los ojos desorbitados.

—¡Churro! —gritó.

Max soltó al gato y lo empujó hacia Lola. El animalito nadó frenéticamente hasta que la perra lo agarró por la nuca, como si fuera una mamá gata.

—¡Ya está a salvo, Isadora! —chilló Max—. ¡Patalea!

La niña se tranquilizó y pudo acercarse chapoteando hasta Max, quien la tomó de la mano y la acercó a Lola para que se agarrara del collar. Isadora lo aferró, y Max nadó junto a ella.

Cuando los hombres llegaron a la mitad del puente y se inclinaron sobre el pretil, Lola había alcanzado el centro del río y se alejaba a toda velocidad trasportando a su pequeño batallón. Max estaba seguro de que los hombres no dispararían porque corrían el riesgo de herir a Isadora y perder la recompensa.

Mientras nadaba, no dejaba de mirar hacia la otra orilla. Por suerte, no había carreteras a la vista y la vegetación era tan frondosa que impediría el paso de cualquier vehículo. Sin embargo, cuando miró hacia atrás distinguió a los hombres bajando por el talud encachado del puente, el que bajaba hacia la orilla izquierda, a la que ellos tenían que dirigirse.

Salieron trabajosamente del agua en una estrecha playa de la ribera. Desde allí no se veía a los hombres, pero no podían andar muy lejos.

Isadora no paraba de temblar, hasta los dientes le castañeteaban. Max le puso a Churro en los brazos y las gafas en la cara.

—¡Lo conseguiste, Isadora! Estoy muy orgulloso de ti, pero debemos seguir un poco más —dijo, y se encaminó al norte, sosteniéndola por el brazo y guiándola a través de espesos matorrales a fin de permanecer escondidos.

—¿Vi... vienen? —balbució ella.

—Les llevamos mucha ventaja, pero hasta que

lleguemos a la cueva, tenemos que caminar muy aprisa.

Debido a la exuberante vegetación, Max había perdido de vista la ribera y, pese a que iban a buen ritmo, la cala seguía sin aparecer. Desde el puente la había visto con claridad, pero ahora era incapaz de orientarse. Pensó que quizá habían ido demasiado lejos y la habían pasado.

—Espera, Isadora. Tenemos que encontrar el río. Estate atenta, por si oyes el ruido del agua.

—¿Crees que nos perdimos? —preguntó la niña, angustiada.

Lola gimió y Max la mandó a callar.

—Solo tengo que orientarme. Hay que ir hacia el norte, eso sí lo sé. —Se quitó la brújula del cuello y la sostuvo en la mano hasta que la aguja señaló la N—. Ya está, sígueme. No puede faltar mucho.

Esperaba no equivocarse. ¿Y si habían ido demasiado lejos y no había forma de dar con la cala? Si no la encontraban hoy, tendrían que dormir escondidos y volver sobre sus pasos al día siguiente. Isadora parecía agotada, pero no quedaba más remedio que seguir.

Cuando la niña se rezagó, la tomó con suavidad de la mano y jaló de ella.

—No podemos rendirnos, Isadora. Vamos... tú puedes.

Súbitamente, Lola saltó entre los arbustos y desapareció.

—¡Lola! —llamó Max.

Resopló y la llamó otra vez. Como la perra no volvía, se abrieron paso entre la espesura y al poco rato se encontraron en una playa situada en una curva de la ribera. ¡La cala!

La pequeña playa estaba bordeada por laderas abruptas y parecía no tener salida. Sin embargo, al fondo de la curva, las enredaderas y los sauces llorones se arqueaban sobre el agua creando un velo tupido; Lola estaba delante. Cuando se acercaron, Max apartó unas ramas y reconoció una mampostería inconfundible. ¡Habían llegado al puente secreto!

Partiendo del extremo, fue apartando más ramas hasta encontrar una abertura. Pasaron bajo el tenebroso ojo y avanzaron por la angosta plataforma adosada al muro.

"Si no hubiese sabido que estaba aquí, nunca la habría encontrado", pensó Max.

Minutos después llegaron a una puerta de madera con una aldaba de hierro negro: un halcón que sujetaba una argolla con las garras.

Veinticuatro

Max levantó la argolla y golpeó la puerta cuatro veces.

—Oigo pasos —susurró Isadora.

—¿Quién comparece ante mí? —dijo alguien al otro lado.

Max hizo lo posible por respirar más despacio.

—Un peregrino de corazón leal.

La puerta se abrió de golpe.

Una mujer de mejillas sonrosadas, hombros anchos y bastante más estatura que Buelo o Papá los miraba sonriente. Llevaba sus largos cabellos plateados en una coleta que caía sobre uno de sus hombros. Vestía una blusa lisa y un delantal estampado sobre una falda que llegaba a las puntas de sus grandes e incompatibles botas, una azul y otra amarilla. Si la gente había visto de noche su imponente figura por la ribera, era comprensible que pensaran que era una bruja fluvial.

La mujer lo miró expectante, y el muchacho se puso muy derecho.

—Soy Maximiliano Feliciano Esteban Córdoba, hijo de Feliciano Córdoba Junior y nieto de Feliciano Córdoba Senior. Y esta es Isadora, que va a reunirse con su hermana, Rosalina.

Lola olisqueó las botas bicolores y meneó el rabo.

—Esta es Lola y ese es Churro —añadió Max, señalando a los correspondientes animales.

—Yo me llamo Yadra, ni más ni menos.

La mujer rebuscó en el bolsillo de su delantal para sacar un pañuelo con el que limpió gentilmente el rostro de Isadora y le quitó la sangre seca de los labios.

—Isadora, tu hermana te está esperando en el siguiente lugar seguro. En cuanto se reúnan, proseguirán el viaje juntas. —Miró a Max—. ¿Los siguieron?

—Sí —contestó él, muy serio—. Hasta el puente de los patos. Saltamos al río y Lola nos ayudó a cruzar. Nos buscan dos hombres.

Yadra los hizo entrar y cerró la puerta.

—Aquí no los encontrarán, pero cuanto antes se vayan, mejor.

Isadora la contemplaba como si fuera un ángel.

—Creíamos que eras... distinta —dijo.

—¿Una bruja? —repuso Yadra—. He oído lo que dicen, llevo oyéndolo toda la vida. *Todos* se creen que saben cómo soy aunque no me conozcan. —Le pasó un brazo por encima a la niña—. Vengan. Voy a darles ropa limpia, y después, algo de comer y de beber.

Mientras bajaban detrás de Yadra por una escalera de piedra, Max se dio cuenta de lo cansado y sediento que estaba. Lo vivido en los días pasados le pesaba cada vez más. ¿Seguían en peligro o ya no?

Las antorchas sujetas a las paredes rocosas titilaban. El olor a pan recién horneado subía por la escalera. Lola los adelantó como una centella.

—Ah, vaya, vaya, una que tiene apetito —dijo Yadra, riéndose—. ¿He dicho ya que me encantan las visitas y los perros? —Extendió la mano para acariciar a Churro—. Y los gatos, por supuesto. En fin, cuando lleguemos a la cueva, no se asusten. Al principio resulta un poco agobiante. A mí me gusta llamarla mi "jardín de mezcolanzas".

Del pie de la escalera partía un largo corredor flanqueado por torres de mantas y manteles doblados, filas de largos cubos metálicos llenos de remos, centelleantes pirámides de frascos vacíos con las etiquetas anunciando su antiguo contenido —huevos encurtidos, mermelada de higos, patitas de cerdo— y montañas de cestos de paja de múltiples tamaños.

—¿De dónde salieron todos estos objetos? —preguntó Max, asombrado.

—Estos son los abandonados, lo que deja la gente atrás cuando debe marcharse de casa, y los desplazados, lo que me trae el generoso río —contestó Yadra—. Todo lo que se traga el río aguas arriba acaba aguas abajo, atrapado en mi cueva. Los colecciono para dárselos a alguien que los necesite. Una vez al año los envío a un refugio de mujeres y niños. Entonces vuelvo a comenzar a recoger cosas nuevas.

Dicho esto, tomó a Isadora de la mano y los condujo hasta un viejo bote de remos repleto de guantes y calcetines. Se inclinó sobre la borda para sacar dos calcetines, uno rojo y otro de rayas, y se los dio a la niña.

Luego se detuvieron frente a una montaña de cestas. Tras estudiar su tamaño, la guardiana sacó unos pantalones cortos y una camisa para Max y un vestido de color lila para Isadora. Luego envió a los niños a distintos recovecos para que se cambiaran.

Después ambos la siguieron hasta una gran cocina de piedra donde entraba la luz por un ventanuco situado muy arriba y había una barra de pan enfriándose sobre la estufa.

—Siéntense, por favor —dijo, señalando la mesa.

Canturreando, puso la tetera al fuego. Max no podía apartar la mirada del cabello brillante de la mujer, ni de su extraño atuendo, ni de su amplia sonrisa que parecía iluminar toda la habitación. Yadra se rio bajito y revoloteó a su alrededor, lo que le recordó a sus tías Mariana y Amelia.

Enseguida llevó la tetera a la mesa y colocó el pan en una tabla junto a un trozo de queso. Partió ambos y los animó a comer. Sin dejar de canturrear, llenó cuencos con comida para los animales.

Isadora miró a su alrededor.

—¿Vives aquí sola?

—No siempre —contestó Yadra—, pero soy bastante reservada. Yo también fui una escondida, como tú, y aunque ya no pueden hacerme daño, el temor a ser descubierta permanece conmigo.

—¿También huiste de Abismo? —preguntó la niña.

—No, yo no me fui de otro país. La crueldad no es patrimonio de nadie. Por desgracia está en todas partes, hasta en nuestros patios traseros.

—¿Qué quieres decir? —preguntó Max.

—Mis padres eran demasiado estrictos respecto a cómo debía vivir mi vida.

Max asintió con la cabeza. Sabía lo mal que se sentía cuando eran muy estrictos con uno. A él ni lo dejaban ir en bus con sus amigos a Santa Inés.

—Cuando tuve edad suficiente para tomar mis propias decisiones, a mis padres no les gustó lo que elegí. Y cuando no acepté su idea de lo que debía ser, me hicieron a un lado, como si fuera *invisible*. Solo veían en mí una terrible decepción. Eran incapaces de soportar al ser humano que vivía y respiraba con ellos y que necesitaba su amor.

Papá y Buelo no eran así en absoluto. Max sabía que lo querían mucho. Pero ¿qué pasaría cuando sus amigos y otras personas descubrieran que su madre había sido una escondida? ¿Serían crueles con él? ¿Se volvería invisible también?

—Hirieron tus sentimientos —dijo Isadora.

—Debió ser horrible —dijo Max.

—Sí —contestó Yadra—. Por suerte, hubo otros que sí me aceptaron y se dieron cuenta de que necesitaba ayuda. Los guardianes me ayudaron a descubrir quién era y dónde podía encajar. Uno de ellos me dijo que no tenía por qué soportar las adversidades yo sola. ¿Y no es eso lo más reconfortante? ¿Que siempre haya alguien que te ayude y que nunca te veas obligado a luchar solo?

Isadora se deslizó de su silla y se acercó a la guardabarrera para abrazarla. Max parpadeó para no llorar. La mujer era tan sincera que contaba sus secretos sin el menor reparo, los alegres y los tristes. Le gustaría ser como ella.

—¡Vamos, vamos, niños, no se apenen! —los consoló Yadra, y envió a Isadora de vuelta a su silla—. Y ya está bien de cotorrear de mí misma. Maximiliano, he oído hablar mucho de *ti*. Y aquí estás. Eres muy joven para ser uno de nosotros. Por otra parte, te han criado unos excelentes guardianes. Debe ser cosa de familia.

Max no podía mentirle.

—Buelo y Papá no me dieron permiso para hacer este viaje. No estaban en casa cuando el guardián se apareció con el encargo de escoltar a Isadora, así que le dije que a veces sustituía a mi padre, pero no es verdad. Esta es mi primera vez. Le dejé una nota a mi abuelo para explicarle por qué me había ido, pero estoy seguro de que está muy preocupado.

—Yo misma les diré que eres un guardián merecedor de recibir ese nombre. Me asombra que hayas conseguido hacer el viaje tú solo. Eres un joven valiente y generoso que ha arriesgado la vida para ayudar a esta niña.

Max negó con la cabeza.

—*No* soy valiente ni generoso... Vine por mis propios motivos.

Yadra arqueó una ceja.

—Buelo me dijo que tú ayudabas a encontrar cosas, pero que también tenías las respuestas a cualquier tipo de pregunta —añadió Max.

—A veces, sí.

—Es que Max quiere encontrar a su mamá para que su papá vuelva a ser feliz —susurró Isadora.

Yadra suspiró.

—Bueno, me temo que eso va a ser algo complicado.

—Pero tú la conociste, ¿no? —dijo Max—. La llevaste al siguiente lugar seguro. ¿No te contó nada... personal?

—Claro que la conocí, y no hay duda de que eres su hijo: tienes sus mismos ojos.

Max le mostró la brújula.

—Mi mamá perdió esto, que significaba mucho para ella. Me gustaría devolvérselo y conocerla... y ver si se anima a volver a casa...

Yadra recostó la cabeza en el respaldo de la silla, cerró los ojos y los volvió a abrir.

—Verás, Maximiliano, no es posible saberlo *todo* ni conocer *todas* las respuestas. El camino de la vida está empedrado de pérdidas, ya sean papeles, personas, respuestas, una bota... la verdad. Y los restos de la felicidad de alguien no siempre son recuperables.

—Pero ella está en Mañanaland y ese es el sitio al que vas a llevar a Isadora, ¿no?

Aunque Yadra sonrió, parecía desconcertada.

—Bueno... sí, pero...

—¿Puedo acompañarlas? —soltó Max—. Para escoltar a Isadora y encontrar a mi madre. ¿Por favor?

Yadra vertió lentamente más té en las tazas.

—Percibo que solo te motiva la bondad, Maximiliano, y que tu corazón es, en efecto, leal. Pero se trata de un viaje difícil y hay que remar durante horas...

—Yo te ayudaré; remo bien —replicó Max.

—Quiero que venga con nosotras —rogó Isadora.

Yadra miró a uno y a otro.

—¿Y Lola? El bote es pequeño, y no puedo arriesgarme a que ladre.

—Se quedará aquí —propuso Max—. Podemos dejarle comida y agua, y le haré una cama. Estará bien.

La expresión de Yadra se crispó.

—Sabes que no puedes ir más allá del siguiente guardián; guardiana en este caso. Hay un...

—Un código, ya lo sé —interrumpió Max.

Yadra lo miró atentamente.

—Está bien —dijo al fin—. Pero, por favor, es necesario que entiendas que quizá te lleves una decepción y que pueden surgir imprevistos.

Max no entendió nada, pero igualmente asintió.

Veinticinco

A primera hora de la tarde, Yadra le cepilló y trenzó el cabello a Isadora y le ató las trenzas con cintas de color violeta. A continuación, llevó pilas de mantas a la cocina, con las que preparó unas camitas en el piso.

—Los dos necesitan descansar. Partiremos cuando sea noche cerrada. Los despertaré al llegar la hora.

Lola y Churro se acurrucaron entre los niños.

—¿Estás contenta? —musitó Max.

—Sí —contestó Isadora—, pero me gustaría que siguieras conmigo *después* de mañana.

—A partir de mañana tendrás a Rosalina y a otro guardián o guardiana; no estarás sola —dijo Max, esperando que fuese así. Deseó que siempre tuviese a su lado a alguien que la protegiera—. Además, me olvidarás enseguida —bromeó.

—¡No! ¡No te olvidaré jamás!

—Quizá algún día —dijo Max, sonriendo—, cuando sea un futbolista famoso... me encontrarás y vendrás a verme jugar.

—Claro que te encontraré —aseguró Isadora.

Aunque no era probable, a Max lo hizo feliz imaginarse el reencuentro.

La cueva era oscura y cálida. Se estaba bien allí. Lola gimió en sueños. Max pensaba que la niña también se había dormido hasta que habló.

—¿Otro cuento?

El muchacho se alegró de poder seguir hablando.

—Érase una vez una niña que no podía dormir por cansada que estuviese. Cada vez que cerraba los ojos, se le abrían de golpe, como una caja sorpresa. Solo después de escuchar esta nana mágica era capaz de conciliar el sueño: *Arrorró, mi niño. Arrorró, mi sol. Arrorró, pedazo de mi corazón...*

Isadora siguió cantando.

—*Este niño lindo ya quiere dormir, háganle la cuna de rosa y jazmín.*

—¿Conoces esa nana? —preguntó Max.

Isadora bostezó.

—Todas las madres la cantan —murmuró—. Mi mamá me la cantaba… y su madre a ella…

¿Por eso la recordaba él? ¿Porque, en alguna parte, muy lejos y hacía mucho tiempo, se la cantaba su mamá?

Tarareó la nana cada vez más bajito y más despacio, hasta que Isadora se durmió.

Su abuelo tenía razón: le iba a costar mucho despedirse de ella.

MAÑANA

Veintiséis

El cielo estaba jaspeado de nubes oscuras que casi eclipsaban la luna; el río era tinta negra.

Habían partido en un bote mucho antes del amanecer. Yadra iba sentada en un banco en la popa, remando con destreza; Max iba en el lado opuesto, en la proa, mirando como se alejaba el río. Isadora se abrazó a él y se durmió, con Churro acomodado en un cabestrillo nuevo.

A medida que el río ganaba rectitud y anchura, el tiempo se fue alargando y Max se dejó llevar. Ya había perdido la cuenta de las jornadas transcurridas desde que había salido de casa. Tuvo que esforzarse para adivinar qué día era. Lunes.

Mañana se cumplirían tres semanas de la marcha de Papá a San Clemente, lo que significaba que ayer había sido la cena del domingo. Se imaginó a Amalia sentada bajo el roble, enfrascada en sus crucigramas, a Buelo guisando en la cocina con Mariana y a Papá jugando al ajedrez con Tío Rodrigo en la vieja mesa de pícnic. Se preguntó si Chuy habría ido a buscarlo para ir a la poza. No obstante, el pueblo y su gente le parecían muy lejanos. Incluso las pruebas de fútbol —y eso era lo más raro— le parecían insignificantes.

—Supongo que añoras tu casa —dijo Yadra, como si le adivinara el pensamiento—. Veo que llevas un gran peso sobre los hombros. Aunque vinieras a buscar respuestas para ti, *has sido* valiente y generoso. No dejaste a Isadora en ningún momento y arriesgaste la vida por salvarla. Tu padre y tu abuelo estarán orgullosos de ti.

Max reflexionó sobre lo que acababa de escuchar.

—Eso espero —dijo por fin.

¿Se habrían enojado mucho por haberlos desobedecido?

—Isadora y tú parecen muy unidos.

Max asintió en la oscuridad. No quería pensar en el viaje de regreso... sin ella.

—Aparte de su hermana, ¿hay alguien más esperándola en Mañanaland? ¿Alguien que cuide de las dos? —preguntó.

Yadra bajó la voz.

—La policía militar mató a sus padres cuando protestaban por las condiciones laborales de la fábrica donde trabajaban. Que yo sepa, no tienen a nadie más.

—Su hermana solo es dos años mayor que yo. ¿De qué van a vivir?

—Los guardianes no las abandonarán. La red es amplia y profunda.

Max acomodó mejor a Isadora en sus brazos. Era afortunada por ir a un lugar como Mañanaland donde, al contrario que en Santa María, todos eran bienvenidos.

—¿Es Mañanaland un país grande o pequeño? Cuando lleguemos, ¿hay alguien a quien pueda preguntarle por mi madre?

Yadra dejó de remar.

—Maximiliano, creo que no has comprendido.

Mañanaland no es un país, sino una... forma de pensar.

Max frunció el ceño. ¿Qué quería decir con eso?

—Pero... ¿no es ahí adonde vamos?

—En cierto modo, sí. Llevamos a Isadora hasta el siguiente guardián, que acompañará a las dos hermanas a otro lugar donde podrán dejar atrás su doloroso pasado y labrarse una vida nueva que les dé al menos la posibilidad de ser felices. El lugar a donde vayan, como ocurre con todos los escondidos, permanecerá en secreto tanto para mí como para ti.

—Pero... mi mamá grabó en una piedra que sus ojos estaban puestos en Mañanaland. Y la hermana de Isadora decía que la esperaba en Mañanaland.

—Tu madre miraba hacia el futuro, tenía puesto los ojos en una esperanza y en un sueño —explicó Yadra—. Y Rosalina quiso decir que esperaba a Isadora en cualquier lugar donde pudieran vivir sin miedo. Después de pasar por experiencias aterradoras, ese lugar era y es... Mañanaland.

Max se acaloró. ¿Había pasado todo este tiempo

esperando encontrar un sitio que no existía? ¡Era un imbécil! Se esforzó por calmarse y comprender lo que Yadra le decía.

—Pero... entonces... ¿adónde llevaste a mi madre?

—Al siguiente guardián.

—¿Puedo preguntarle por ella a *ese* guardián?

—No. Se fue hace mucho, y nunca he tenido ocasión de ayudar en la siguiente etapa del viaje, así que ni siquiera sé a dónde van los escondidos una vez que los entrego. Solo sé que viajan por tren.

—¿Y... y no te dijo mi mamá por qué nos dejó?

—Tuve que entregarla rápidamente, igual que a Isadora. Iba con dos muchachas, así que no pudimos hablar en privado. Al principio se hizo pasar por guardiana, pero luego admitió que había sido una escondida y necesitaba seguir adelante para no poner en peligro a su familia. Eso mismo le expliqué a tu padre cuando vino buscándola hace años. Era valiente y generosa, arriesgó la vida para traer a esas jóvenes aquí, aunque también lo hiciese por motivos personales. En ese sentido eres idéntico a ella.

Max asimiló lo que acababa de escuchar.

—¡Pero tienes que saber *alguna* otra cosa! —protestó—. ¡He venido de muy lejos y Buelo me dijo que tú sabías todas las respuestas!

—Lo lamento. No puedo decirte nada más.

El peso de esas palabras lo aplastó. Con tales pistas, ¿cómo iba a encontrar a su madre? ¿Cómo iba a saber qué le depararía el futuro? Quizá Papá hacía bien al no creer en los finales felices.

Yadra siguió remando. Max dejó de mirarla y lloró en silencio.

A media mañana amenazaba lluvia. El paisaje consistía en colinas y más colinas de escasos árboles. Max y Yadra se turnaban para remar y descansar. Después de lo que parecieron horas, la guardiana remó más despacio y comenzó a observar la ribera.

—¿Qué buscas? —preguntó Max.

—Una señal —contestó Yadra. Una casita

solitaria apareció en lo alto de una colina—. Que salga humo de esa chimenea.

Poco después, una columna de humo se elevaba desde el conducto de ladrillo. Yadra empuñó los remos y siguió aguas arriba.

—Esa es la señal que indica que podemos continuar —explicó—. Nos recibirá la Srta. Villa.

—¿Es la siguiente guardiana? —preguntó Max.

—Sí. Es nueva, como tú, aunque no es tan joven. Ya ha ayudado a muchas mujeres a encontrar su camino.

En cuestión de minutos habían amarrado el bote a un pequeño embarcadero y esperaban bajo un gran roble cercano a la orilla. Isadora apretaba la mano de Max.

Yadra miró el horizonte hasta que un carro se abrió paso entre las colinas y traqueteó hacia ellos. Cuando se detuvo, dos mujeres jóvenes se apearon.

Isadora le soltó la mano a Max y, tras avanzar unos pasos, voló a los brazos de su hermana. Por un instante solo se oyeron sollozos y risas. Era imposible decir quién de las dos abrazaba con más fuerza a la otra.

Yadra le pasó un brazo por encima a Max.

—No solemos presenciar los encuentros. Normalmente, nos limitamos a enviar gente hacia el horizonte, pero esto hace que valga la pena todo lo que hacemos, ¿no?

Max se secó los ojos y asintió.

La Srta. Villa era solo algo más alta que él y casi de la edad de Rosalina. Con su cabello bajo un pañuelo y un blusón sobre la ropa, parecía una de las muchachas que atendían los puestos del mercado. Abrazó a Yadra, y las dos se apartaron para conversar.

Isadora jaló a su hermana para presentársela a Max.

Rosalina tenía la misma sonrisa tímida y el mismo flequillo de su hermana, aunque llevaba el cabello suelto. Le tomó una mano a Max y la envolvió entre las suyas.

—Gracias por devolverme a Isa. Ya me ha dicho

lo buen guardián que fuiste y que la salvaste en más de una ocasión.

Al pensar en lo lejos que había llegado y en lo mucho que distaba su pueblo de aquel lugar, Max cayó en la cuenta de cuánto habían cambiado sus sentimientos desde que había partido. Al principio pensaba que Isadora era una carga y solo deseaba entregársela al siguiente guardián. Ahora no podía imaginarse la vida sin ella. Se le hizo un nudo en la garganta.

—Me alegro de… de haberlo hecho yo —dijo, y lo decía de corazón.

Yadra se acercó para explicarles a las hermanas que la Srta. Villa viajaría con ellas en tren.

—Dentro de tres días estarán a salvo, en algún lugar lejano.

—¿Oíste, Churro? —musitó Isadora—. Estaremos a salvo.

Yadra negó con la cabeza.

—Me temo que Churro no podrá acompañarlas.

—¡Me necesita! —exclamó Isadora, abrazando al gato.

—Lo siento —dijo Yadra, mirándola con ternura—, pero, si lo descubren, lo echarán del tren y Churro se quedará solo en el mundo. Eso no sería justo para él, y tú no puedes permitirte llamar la atención. Ni tu hermana ni tú deben llamar la atención.

Isadora se encorvó. Max se sintió culpable. Para empezar, no debió permitirle que cargara con aquel gato.

—¡Lo esconderé! —protestó la niña—. ¡No dejaré que nadie lo vea! —Sus grandes ojos miraron suplicantes a Max, que se arrodilló delante de ella.

—¿Y si me lo llevo a casa? —sugirió—. A mi padre y a mi abuelo les encantaría, y a mis tías y a mi tío, igual. Y ya sabes cuánto quiere a Lola. Nosotros seremos su familia. Algún día, cuando no haya peligro, volverás para visitarnos y ver como ha crecido.

—Eso no pasará. ¡Nadie *vuelve*!

Isadora abrazó a Churro, llorando a lágrima viva.

Rosalina le puso la mano en el hombro.

—Isa, hemos hecho un largo camino, muy, muy largo, y no queremos que nos atrapen, ¿verdad?

—No... —gimió Isadora.

Max le tomó la mano.

—Es lo mejor para Churro. Eso no significa que no lo quieras. —Le quitó con delicadeza el gato y se lo entregó a Yadra—. Significa que lo quieres tanto que prefieres que esté a salvo, con gente que lo cuidará y lo protegerá siempre.

Al decir esas palabras, se preguntó si sería aquello lo que su madre había hecho por él. ¿Lo había salvado de una vida impredecible y arriesgada?

—¿Lo cuidarán bien? —gimió Isadora—. ¿Y lo dejarán dormir dentro?

—Por supuesto —respondió Max, con voz ahogada—. Lo meceré como haces tú y me alegraré cuando me regale rabos de lagartija, y recordaré lo buena mamá y lo valiente que eras. Gracias a él, me acordaré de ti todos los días.

El llanto de la niña se trasformó en sollozos e hipidos. Max le dio un abrazo y se apartó un poco para mirarla.

—Papá y Buelo siempre dicen que "favor con favor se paga", lo que significa que si haces algo bueno por otra persona, como darle tu precioso gatito, esa persona te dará algo a cambio. —Se quitó la brújula del cuello y se la puso a Isadora—. Así siempre encontrarás el camino.

La niña acarició la pequeña esfera de cristal y miró a Max.

—Pero era de tu mamá. Tienes que encontrarla y devolvérsela.

—Ya no puedo ir más lejos, así que cuento con que la cuides y la lleves siempre puesta. Mi madre está en algún lugar de Mañanaland. Quizá algún día seas una famosa costurera y abras una tienda y conozcas a una mujer valiente con los ojos del color de la leche quemada, y ella comente que una vez tuvo una brújula igual de hermosa que la tuya. Entonces tú podrás hablarle de mí, y ella sabrá que soy su hijo y que me quieren y me cuidan, y que me gustaría mucho llegar a conocerla. ¿Quién sabe lo que nos traerá el mañana?

Isadora se echó en sus brazos y escondió la cabeza en su cuello.

—*Arrorró... Arrorró...* —musitó Max cuando sintió las lágrimas de la niña.

Yadra le puso una mano en el hombro para hacerle saber que debían irse.

Rosalina ayudó a su hermana a quitarse el cabestrillo y se lo dio a Max. Luego la tomó de la mano y la condujo al carro. Una vez dentro, Isadora pegó la cara y las manos contra el cristal de la ventanilla para mirar a Max, mientras su nueva guardiana arrancaba el motor y el carro se alejaba poco a poco.

Max observó al vehículo que subía y bajaba por las colinas como si recorriese una montaña rusa hasta que desapareció. Ahora podía imaginarse lo que había más allá del horizonte para Isadora y Rosalina: Mañanaland.

Deseó que todo se hiciera realidad: el sol, el cielo azul, las flores y los árboles frutales, las cascadas y los arcoíris. Un mañana distinto, sin miedo y lleno de bondad, seguridad y esperanza.

Veintisiete

Yadra remaba; Max iba sentado en el fondo del bote con Churro en el cabestrillo. El cielo dudaba entre claros azules y nubes negras. A mediodía, comenzó a llover. Yadra le dio a Max un impermeable con capucha para que se tapara.

—Siempre nos ponemos melancólicos al hacer la entrega —dijo.

Max estaba tan agotado que ni contestó.

—Estás cansado de remar y de sentir —añadió ella a modo de consuelo—. Descansa, Maximiliano, cierra los ojos.

Era fácil obedecer. Max cruzó los brazos sobre el banco que tenía al lado para recostar la cabeza. Los párpados se le cerraban, la extenuación lo envolvía. El clic rítmico de los escálamos y el chapoteo del agua lo atraparon en una densa red que lo lanzó al borde del sueño, pero la voz de Yadra lo siguió.

—Arrastra la mano por el río. Ahuécala y saca

agua, pero mantén los dedos muy juntos para que no se te derrame. El mañana está ahí.

Desde alguna caverna de su mente, Max vio que se sentaba muy despacio, sacaba agua con la mano ahuecada y miraba de hito en hito el minúsculo lago que había en su palma.

El mañana no era como decía Buelo, no era cálido ni meloso. El agua formó una burbuja grande y sólida, húmeda y resbaladiza como una yema de huevo. Resplandeció tanto que iluminó el mundo hasta convertirlo en un vacío infinito; no había horizonte, ni arriba ni abajo. Sentía que flotaba en el interior de una nube radiante.

Ya no veía a Yadra, pero escuchaba su tarareo en la periferia de los sentidos.

—*¿Qué te preocupa, Maximiliano?*

Su mente vagaba, su voz arrastraba las palabras. Muchachos que arrojan piedras, el odio cuando descubran que mi madre fue una escondida. Escupida... menos que humana.

—*Serás testigo de lo mejor y lo peor de la gente.*

Abrazarás lo mejor y descartarás lo peor. No estás condenado a vivir según las ideas equivocadas de los demás. Vuela por encima de su estrechez. Compadécete de ellos. Crea tu propia y noble valía.

—¿Pero cómo?

—El amor de tu padre y de tu abuelo está estrechamente tejido a tu alrededor y no se destejerá con facilidad. Apóyate en su amor. Recuerda que no tienes que luchar solo. Siempre habrá alguien que te vea y te dé la mano para ayudarte a salir de la oscuridad.

—¿Conoceré alguna vez a mi madre?

—No es imposible...

En su mano, la burbuja titilaba y vibraba.

En su imaginación, el bote iba a la deriva por algún lugar del errático río, obra de la serpiente de ánimo indeciso. La corriente lo llevaba aguas arriba y aguas abajo. Trató de reconciliarse con el misterio de su madre pero, lo mirara por donde lo mirase, no encontraba motivos ni respuestas.

—Las preguntas sin respuesta no siempre significan una puerta cerrada. El desafío consiste en encontrar un resquicio...

La incertidumbre no era tan fuerte como antes. Parecía extrañamente ingrávida y brillante. Lo desconocido era un rayo de luz que entraba a raudales por una grieta, y más allá... todas las posibilidades que no podía ver.

Podría conocer a su madre algún día.

Podría entrar en el equipo de fútbol del pueblo.

Con suerte, Chuy y él podrían ser siempre buenos amigos.

Tarde o temprano, Papá podría librarse de ese manto de inquietud y gravedad.

Se sintió envuelto en una paz desconocida.

La burbuja que sostenía en la mano se fue aplanando, al tiempo que el esplendor que lo rodeaba decrecía.

La esfera estalló y, gota a gota, el agua se escurrió entre sus dedos y desapareció.

—Maximiliano —musitó Yadra.

Max se desprendió de la ensoñación y abrió los ojos.

El día llegaba a su fin. La guardiana se levantó, con Churro en los brazos.

—Maximiliano —repitió—. Ya llegamos.

Todavía atontado, el muchacho se levantó y se bajó del bote. ¿Cuánto tiempo había dormido?

Lola le saltó encima para lamerle la cara. De pronto se sintió invadido por la urgencia.

—Tengo... tengo que volver a casa.

Yadra miró al cielo y asintió.

—Ya no llueve y aún quedan unas horas de luz. Si te vas enseguida, puedes llegar a uno de los lugares de descanso. Vamos. Tienes que salir por donde entraste. Trae tu mochila, te daré provisiones para ti y los animales. —Le indicó por señas que entrara en la cueva.

Mientras la miraba guardar una manta y comida en la mochila, sintió que su corazón rebosaba de gratitud, no solo por lo que había hecho por las hermanas, sino por su gentileza con él. Ignoraba el motivo, pero la inusual conversación que acababan de tener le había quitado un gran peso de encima. Buelo tenía razón al hablar de su gran sabiduría y su aura cautivadora.

Cuando ya estaba bajo el puente, listo para partir, se acercó a ella y la abrazó.

—Gracias por todo, Yadra. Ojalá nos volvamos a ver.

—No lo dudes —afirmo ella, dándole unas palmaditas en la espalda—. Tarde o temprano, habrá alguien que necesite un guardián. Disfrutaremos de muchos otros mañanas. De eso sí estoy segura. —Lo sujetó por los brazos para mirarlo a la cara y le guiñó un ojo—. ¿Dije ya que me encantan las visitas?

Max se rio.

—Pues sí, lo dijiste. Las visitas y los perros y los gatos.

Veintiocho

Max no volvió a preguntarse si el camino que estaba siguiendo lo llevaría a donde quería ir.

Lo recorrió a la inversa, esta vez cruzando por fin la calzada del Puente de los Mil Ánades Reales. Churro iba cómodamente acurrucado en el cabestrillo y Lola por delante, consciente de que volvían a casa. La perra tiraba de la correa y Max se dejaba llevar.

Yadra le había advertido que viajara con la mayor discreción posible. Si alguien le preguntaba por la niña de la recompensa, debía contestar que se le había escapado.

Esa primera noche, cuando extendió la manta, Churro la recorrió olisqueando y maullando.

—Ya —dijo Max—, yo también la extraño.

Sacó un sándwich de la mochila y les dio de comer a los animales. Luego se colocó el gatito sobre el pecho, se acercó un poco más a Lola y dobló la manta sobre los tres. Tras un sueño ligero, se despertó temprano, y al día siguiente caminaron hasta el anochecer.

En la mañana del tercer día, se sentó a la orilla del río para estudiar el mapa; a su lado, Lola y Churro jugaban. Avanzaban con rapidez. Si continuaban a ese ritmo, llegarían a casa por la noche.

¿Qué diría Papá cuando lo viera? ¿Estaría enojado por su desobediencia u orgulloso por lo que había sido capaz de hacer él solo, como dijo Yadra?

Mientras proseguía por el sendero del río, el cálido aire veraniego lo envolvió. Caía la tarde. Al doblar un recodo del camino, se quedó sin aliento. Allí, sobre una roca a poca distancia, ¡estaba posado el halcón!

Lola ladró; aunque el ave alzó el vuelo, volvió a posarse en un árbol, río abajo. Cuando Max llegó junto al árbol, se elevó de nuevo y describió un círculo para buscar un árbol distinto. Cada vez que Max pensaba que no volvería a verla, reaparecía.

—Ave peregrina, ¿qué espíritu traes bajo tus alas?

Max pensó en Isadora. ¿Le enviaba un mensaje para comunicarle que estaba a salvo, o era el espíritu de su madre que cuidaba de él y lo acompañaba a casa?

Cuando llegó a los huertos y los viñedos de las afueras de Santa María, el sol se ocultaba. El halcón viró, bajó en picada para pasar sobre su cabeza y se dirigió en línea recta al horizonte, donde las almenas de La Reina Gigante miraban por encima de las copas de los árboles haciendo señas.

En ese momento, Max se sobresaltó al ver que una sombra se le acercaba. Lola irguió la cabeza y gruñó. El muchacho la atrajo hacia sí y se escondió detrás de un peñasco. El corazón le brincaba en el pecho.

Los pasos continuaron acercándose. Lola saltó hacia delante, ladrando. Tiraba tanto de la correa que Max tuvo que soltarla.

—¿Max?

El muchacho sintió un inmenso alivio.

—¿Papá?

Su padre se precipitó hacia él y Max se echó en sus brazos.

Lola corrió alrededor de ambos, ladrando de alegría.

Papá lo apartó para mirarlo bien, con ojos oscuros, hundidos y alarmados.

—Regresé a casa esta tarde y salí de inmediato a buscarte. ¿Estás bien?

—Muy bien —contestó Max y, atropelladamente, añadió—: Lo siento mucho, Papá. No debí subir a las ruinas yo solo ni desobedecer a Buelo ni mentirle al padre Romero. Apuesto a que todos estaban preocupados. Es que pensé que quizá podría encontrarla y...

—Con calma, Max —dijo Papá—. Empieza por el principio. Según dice Buelo, ¿escoltaste a alguien hasta el puente secreto?

Max asintió y le contó como había acompañado a Isadora hasta dejarla a salvo con su hermana.

Papá le dio unas palmaditas en la espalda y meneó la cabeza, como si le costara creérselo.

—Max... ¿por qué te ofreciste para hacer algo tan arriesgado?

—Al principio no me parecía tan peligroso, aunque después...

—La vida de una niña estaba en juego y la tuya también. Debió ser angustioso.

—Sí, sí lo fue —reconoció Max, consciente de la gravedad de lo ocurrido—, pero pensé que si lo hacía, encontraría a mi madre... y la convencería de que volviera a casa... y tú creerías otra vez en los finales felices... y comprobarías que sí puedo hacer cosas yo solo... que soy capaz.

—Ay, Max —dijo Papá, meneando la cabeza—, ¿cómo no voy a creer en los finales felices si has vuelto sano y salvo? No soportaría perderte, hijo. —Lo atrajo hacia sí y lo abrazó durante mucho tiempo.

Finalmente lo soltó.

—Pero me quedan un montón de preguntas

—dijo Max—, y prometiste que me lo contarías todo cuando volvieras.

Tras asentir solemnemente, Papá lo condujo a lo largo de la ribera y ambos se encaminaron a casa tomados de la mano.

—Debí contártelo antes, pero quería protegerte tanto tiempo como fuera posible. Verás, tu madre...

—Fue una escondida. Ya lo sé, Papá. Encontré el calco entre tus papeles, fui a la torre y lo descubrí todo. Siento mucho haber curioseado y haberte desobedecido, pero necesitaba saber más cosas de ella... y de mí.

—Y yo lamento que lo descubrieras de ese modo. —Papá suspiró—. No sé por dónde empezar.

—Por el principio —dijo Max.

Papá le apretó la mano.

—Me encontraba en casa, entre dos temporadas de la selección nacional, cuando un guardián vino a buscarme y me dijo que acababa de dejar a un grupo de mujeres, entre las que estaba tu madre, en la torre. Con la mayor brevedad posible, Buelo, tus tíos y yo colaboramos para escoltarlas en pequeños grupos hasta el próximo lugar seguro. Las condujimos a todas salvo a ella. Se había caído y se había dislocado un tobillo. No podíamos llevarla al pueblo porque alguien hubiera podido denunciarnos. Acordamos que se escondería en la torre hasta que se curara. Entre tanto, Buelo le hizo una muleta para que pudiera andar por las ruinas.

—Ella sola en la torre... Tuvo que pasar miedo.

—Yo iba a verla a diario, y Buelo y tus tíos le llevaban suministros a menudo. —Papá sonrió—. Hasta en aquellas circunstancias, siempre la encontrábamos tarareando o cantando. En cuanto entraba al claro, aunque no la viera, oía su preciosa voz. Cantaba mientras lavaba, recolectaba bayas o se sentaba al sol para coser. Era inmensamente feliz por estar lejos de Abismo y agradecía en el alma hasta los favores más pequeños.

—¿Qué le pasó en Abismo?

—No nos lo contó. Nunca hablaba de eso.

Max pensó en Isadora y Rosalina, y en el

hombre horrible del que habían huido. ¿Le pasaría algo similar a su madre?

—Me rompía el corazón imaginar por lo que habría pasado. Yo era muy joven y quería salvarla, así que le pedí que se casara conmigo. Creí que eso era lo mejor y que resolvería todos los problemas. En cualquier caso, ella dijo que sí y...

—¿Se casaron en Nuestra Señora de los Dolores? —preguntó Max.

Papá negó con la cabeza.

—Ya sabes lo que opina la gente del pueblo de los abismales. Teníamos que mantener nuestra relación en secreto, al menos al principio. Y yo no podía admitir que era guardián.

—Entonces, ¿cómo...?

—A Buelo le encargaron una obra en San Clemente que podría durar al menos un año. Yo lo reemplacé y la llevé conmigo. Buelo contó por el pueblo que allí conocí a una mujer, me casé e iba a ser padre. Una vez que el puente estuvo acabado naciste tú, nos mudamos a Santa María y vivimos en un apartamento. Todo el mundo creyó, y sigue creyendo, que tu madre era de San Clemente.

—¿Por eso dejaste el fútbol?

—En parte, pero hubo otras razones. Tu abuela había muerto hacía unos años y Buelo no podía solo con el negocio. Me necesitaba y tu madre también. Fue una decisión difícil, pero nunca me he arrepentido.

"Vaya historia de amor", se había burlado Ortiz, pero a Max le parecía tan romántica como un cuento de hadas.

—Entonces, ¿por qué se fue de casa?

—No lo sé. Pensábamos que era feliz. Formábamos una familia y hacíamos lo que hacen las familias que se quieren: cenas los domingos, excursiones al río... Todos disfrutábamos de las alegrías que nos dabas. Y entonces...

—¿Qué pasó?

—Yo tenía que reparar un puente de una zona remota. Mientras estaba fuera, un guardián trajo a dos muchachas a la torre. Pasaron allí unos días y tu madre las ayudó. Una mañana fue a ver a Buelo contigo en brazos y le preguntó si podía cuidar de ti. Dio alguna excusa sobre unas gestiones que debía hacer y aseguró que regresaría por la tarde; pero en lugar de eso fue a las ruinas, escoltó a las muchachas hasta el próximo lugar seguro y... no regresó.

—¿Cómo sabía el camino?

—Nos había oído hablar de la ruta y del puente secreto. Incluso había visto el mapa. Como no volvía, Buelo fue al apartamento y descubrió que todo estaba en perfecto orden. Había limpiado, lavado la ropa, ordenado los cajones y cosido ropa de diferentes tallas para ti; la dejó apilada sobre la mesa. Quizá la preparó porque era consciente de que tendría que marcharse. O quizá lo tenía planeado y solo esperó el momento oportuno. Se llevó todas sus cosas, todas las fotos en las que aparecía y todos los papeles en los que figuraba su nombre. Supongo que para no dejar pistas.

—Yadra dijo que el miedo a ser descubierto permanece.

—Tiene razón —dijo Papá—. Tu madre dejó una nota...

—La vi. —Max volvió a sentir la opresión de la tristeza y del dolor—. Entonces, ¿mientras tú pensabas que éramos una familia feliz, ella estaba pensando en marcharse?

Papá le pasó un brazo por los hombros.

—No lo sé, pero estoy seguro de que nos quería. Sospecho que alguien descubrió que era una escondida y se lo dijo. O quizá temiera que alguien de su antigua vida acabara por encontrarla. Si lo hacían, todos estaríamos en peligro. Hasta llegué a pensar que las dos muchachas a las que estuvo ayudando le habían traído alguna noticia de Abismo que la asustó. Lo cierto es que no sé nada —añadió, y soltó un gran suspiro.

—¿Por qué no me llevó con ella?

—Viajar con un bebé era muy arriesgado. Aquí con nosotros tenías seguridad y amor, un hogar y una comunidad. Ella desconocía tanto los riesgos como el futuro que la esperaban. Y yo le agradezco en el alma que te dejara conmigo. No sé qué haría sin ti. —Papá lo abrazó—. Me hubiera partido el corazón haberte perdido. Tú me has dado una razón para seguir viviendo. Con el tiempo, tuve que aceptar que no volvería.

Max pensó que él tampoco podría vivir sin Papá.

—Pero dijiste que nunca habías dejado de buscarla. ¿No la buscabas para que volviera a casa?

—No, Max. Entonces ya era consciente de que no podíamos vivir juntos. Al principio la busqué para que me devolviera los papeles que se llevó. En los años sucesivos seguí buscándola... en las aglomeraciones, en los mercados, dondequiera que hubiese gente, pero solo para asegurarme de que ni ella ni ningún enviado suyo me quitara a mi hijo.

—¿Hubiera podido suceder algo así? —preguntó Max.

—Cuando eras más pequeño, sí. Ella tenía en su poder todos los documentos necesarios para demostrar que eras hijo suyo; yo no tenía ninguno.

Admito que, durante todos estos años, el miedo a que te secuestraran me ha provocado, a mí y al resto de la familia, una gran angustia. Por esa razón, Buelo, tus tíos y yo no queríamos perderte de vista. Incluso ahora sigo angustiado.

Max se detuvo. Todo cobraba sentido, por fin. Los ojos se le llenaron de lágrimas al comprender la carga que su padre había llevado sobre los hombros.

—Ya no tienes que preocuparte más, Papá. Suceda lo que suceda, siempre encontraré la forma de volver contigo. Sin embargo... necesito que te des cuenta de que ahora soy mayor, de que he crecido y sigo creciendo.

Los ojos de su padre brillaron en la penumbra. Sacó un pañuelo para enjugárselos.

—Claro que me doy cuenta, hijo. Y siento haber tardado tanto en hacerlo.

—Y, Papá, *me gusta* hablar de mi mamá. Aunque no la encuentre nunca, quiero conocerla mejor. ¿Qué pensarías tú si me hubiese llevado con ella y no me hubiera hablado nunca de ti? Sentiría un vacío muy grande si no hubiera sabido nada de ustedes ni de este pueblo.

—Solo quería protegerte, y no quería ponerte triste con ilusiones, esperanzas o sueños que nunca se harían realidad.

—Pero a mí me gusta tener ilusiones y esperanzas y sueños aunque no se hagan realidad. —Max se irguió—. Puede que no me creas, pero fui de viaje con Yadra. Tuve el mañana en la mano.

Se preparó para la incredulidad de su padre, pero este se limitó a acercarse y apoyarle la mejilla en la frente.

—Nunca te lo he dicho —murmuró—. Yo también lo tuve.

Max no lo podía creer.

—¡Papá! ¿Cuándo?

—El día que naciste.

Max sonrió.

—¿Y te condujo tu camino adonde querías ir?

—Por supuesto. Y allí sigo.

Se abrazaron estrechamente, balanceándose,

hasta que Lola intentó participar metiéndose entre los dos y Churro se removió en su cabestrillo.

—¿Qué fue eso? —preguntó Papá.

Max extrajo dulcemente el gatito dormido y se lo tendió.

—Papá, te presento a Churro, el nuevo miembro de la familia.

Mientras caminaban, Papá acunaba al gato con un brazo mientras abrazaba a Max con el otro.

Cuando La Reina Gigante se mostró ante ellos cuan alta era, el chico supo que ya estaban en casa. Aunque la luz desaparecía y el mundo se emborronaba, seguía cuidándolos.

—Papá, ¿qué pasó en San Clemente?

—Hice caso de la recomendación de tu tío y me puse en contacto con todos los que te conocieron desde que naciste. Hablé con gente de Santa María e incluso con antiguos vecinos de San Clemente, y localicé al médico que te trajo al mundo. Todos me enviaron cartas.

—¿El padre Romero también?

—Sí, él también. Si conceden la solicitud, nos enviarán por correo los documentos oficiales. Pero ¿llegarán a tiempo para que te apuntes a las pruebas? La verdad, no estoy seguro. Con suerte...

—¡Papá! ¿Dijiste "con suerte"? —Max le dedicó una sonrisa incrédula y su padre soltó una carcajada.

—Pues sí —contestó.

Max sabía que los papeles podían llegar a tiempo o no llegar. Tomó la mano de Papá.

—Solo el mañana lo sabe —susurró—. Aunque, la verdad, yo también espero que tengamos un poco de suerte.

Veintinueve

El último partido de la temporada, que decidiría el ganador del campeonato regional, se jugaba contra Santa Inés en su propio estadio.

Casi todos los habitantes de Santa María se habían desplazado al otro pueblo apretujados en carros o en autobuses. Hasta las tías de Max y la Srta. Domínguez tomaron el bus con Buelo y Tío Rodrigo.

Papá y Max fueron con el equipo.

No había vuelto a haber habladurías sobre los posibles delitos de su padre; Tío Rodrigo les había puesto fin. Nadie se había enterado tampoco de que la madre de Max había sido una escondida, al menos de momento. Aunque se enteraran, el muchacho estaba preparado para contarle a todo el mundo lo que había sido su madre en realidad: una heroína valiente y generosa que solo quiso proteger a su familia y vivir sin miedo.

También sabía quién era él: un muchacho de corazón leal orgulloso de su legado. Procedía de un largo linaje de maestros canteros que construían puentes que nunca se derrumbaban y permitían que un lado del río estrechara la mano del otro.

Llevaba el fútbol en la sangre, el talento no se había saltado una generación; con esfuerzo y práctica, había conseguido entrar en el equipo del pueblo, y quizá algún día conseguiría formar parte de la selección nacional.

Era un verdadero guardián de los escondidos.

Se alineó en la cancha con sus compañeros de equipo, todos de verde y blanco. La suave y cálida piel de sus ya entrañables botines Volantes le abrazaba los pies. Papá se los había comprado en San Clemente, porque él se los ganó después de trabajar todo el verano como aprendiz.

No los usaba, sin embargo, para correr de un poste al otro de la portería. El arquero era Ortiz. Este afinó sus habilidades en la academia de verano y resultó ser la mejor elección. Chuy era central, Guille, mediocampista, y Max, delantero.

El entrenador Cruz se fijó en Max porque, según dijo, hacía mucho que no veía unos pies tan veloces. Cuando descubrió que Papá había sido profesional, le pidió que lo ayudara en los entrenamientos. Hasta Buelo iba a veces para observarlos y mostrar su foto con Nandito.

Héctor Cruz albergaba grandes esperanzas con respecto a sus jugadores.

El estadio estaba a rebosar y el público, enloquecido. Cuando faltaba poco para el final, el marcador seguía igualado. Los hinchas se balanceaban y salmodiaban.

—¡Santa Maríííla! ¡Santa Maríííla!

Un contrario avanzaba gambeteando hacia Max. Era grande, una montaña en movimiento; pero Max atacó, le robó la pelota y la envió hacia atrás, a Guille, que corrió hacia la portería, rodeó a un jugador y se la devolvió. Max la paró y gambeteó alrededor de un defensa. Vio un hueco, dio un punterazo ¡y marcó!

El árbitro pitó el final del partido.

¡Habían ganado! Los vítores retumbaron en todo el estadio. Max alzó los brazos y corrió por la cancha.

Papá se precipitó hacia él desde la banda y lo levantó del suelo con un abrazo descomunal. Después, mientras seguían abrazados, señaló hacia las gradas. Max vio a Buelo, sus tíos y la Srta. Domínguez vitoreando y saludando sin parar.

Igual que hacía al finalizar todos los partidos, paseó la mirada por el público. Sabía que ni su madre ni Isadora estarían presentes, pero por si lo imposible se hacía posible, movió el brazo de izquierda a derecha describiendo un gran arco, para saludarlas.

Chuy voló hacia él.

—¡Lo conseguimos! ¡Somos campeones!

Sus compañeros los rodearon. Apiñado, el equipo salmodió.

—¡Córrr-do-ba! ¡Córrr-do-ba! ¡Córrr-do-ba!

Max se sintió como si pudiera volar.

Treinta

El sábado por la noche, durante un vendaval, Buelo se acomodó con su taza de café en el sillón hundido en los sitios precisos. Max hizo lo mismo en un extremo del sofá y su padre ocupó el otro. Lola se echó delante de la chimenea. Churro batía con la pata los ramilletes de romero que descansaban sobre la rejilla.

—Maximiliano, es tu turno —dijo Buelo—. Yo conté el cuento de la semana pasada.

Max levantó un dedo.

—Refréscame la memoria, ¿cómo empezaba?

Buelo le sonrió ampliamente.

—Érase una vez...

Max carraspeó.

—Érase una vez una princesa de una tierra muy lejana que no quería casarse con el hombre que sus padres habían elegido para ella. Ellos no parecían verla ni parecían enterarse de que tenía ideas propias. Por si fuera poco, el hombre...

—Era malvado y apestaba —aportó Buelo.

—Y se zampaba ranas para cenar —completó Papá.

—Exacto —aprobó Max—. Así que la princesa se fugó a un lujoso palacio del reino vecino y se escondió en una torre desierta. No sabía que el propietario del palacio y sus alrededores era un dragón. Al principio, cuando este la descubrió viviendo en sus dominios, fue amable y amistoso y le dijo que podía quedarse cuanto quisiera. ¿Por qué no?

—Mientras más seamos, más nos divertiremos —dijo Papá.

A Max le entró risa.

—¡Lo estoy contando yo! Con el paso del tiempo, el dragón fue volviéndose más y más protector. No soportaba perder a la princesa de vista ni un segundo y la consideraba de su propiedad. Un día, mientras la princesa lavaba en el río, conoció a un joven del pueblo y, con el tiempo, se enamoraron y se casaron en secreto. Por desgracia, el dragón se enteró del asunto y se puso tan celoso y tan furioso que recorrió a pisotones el palacio y provocó temblores de tierra. Los muros se derrumbaron y los pisos se agrietaron.

—Se desmandó y arrasó con todo —dijo Papá.

Max asintió.

—Tan solo la torre siguió en pie. La princesa y su esposo se marcharon corriendo, y meses después tuvieron un hijo. El dragón se ponía más celoso y más furioso cada día que pasaba. Una noche, secuestró a la princesa y la separó de su esposo y su bebé para llevársela de vuelta a la torre. Allí, mediante un hechizo, la convirtió en un halcón peregrino y la enjauló en la estancia abovedada en lo alto de la torre. Pero un día, una tormenta arrancó las tejas del tejado y la princesa peregrina se escapó. Al verse libre, voló lejos para vivir con otras aves. Construyó su nido en la cima de una montaña y allí vive todavía.

—Espero que no acabe así —dijo Buelo.

—No —contestó Max—. A veces planea sobre

el pequeño pueblo donde una vez viviera con su esposo y su hijo para verlos desde el cielo. Cuando los ve, baja en picado lo más cerca posible y canta: *Arrorró, mi niño. Arrorró, mi sol. Arrorró, pedazo de mi corazón.*

Afuera el viento silbaba, pero en la habitación reinaba el silencio. Las palabras de Max flotaron a su alrededor y se posaron en el suelo con suavidad, como si fueran plumas.

—Bravo —musitó Papá.

—Uno de tus mejores cuentos —dijo Buelo, enjugándose los ojos.

Papá le tendió la mano a Max para ayudarlo a levantarse y lo abrazó.

—Acuéstense ya —dijo—. Yo voy a salir un momento.

—Cuéntale mi cuento a la Srta. Domínguez.

—Lo haré —contestó Papá, muy sonriente.

Antes de acostarse, Max se acercó a la ventana y miró a La Reina Gigante. Unos días atrás, había subido con Papá a las ruinas para buscar piedras. El halcón había abandonado el nido hacía mucho, hasta la próxima primavera. A fin de cumplir su promesa, entró en la torre y grabó *ISADORA* en la piedra contigua a la de su hermana, para mostrarles a todos lo lejos que había llegado.

Dejó de lado los recuerdos y miró a la Reina.

—Reina —dijo bajito—, ¿crees en los finales felices?

La luna iluminó el pétreo rostro, las hojas revolotearon a su alrededor y las nubes distantes corrieron a su espalda. En el fragor de la noche, su corona pareció moverse de arriba abajo.

Max había hallado la respuesta.

Agradecimientos

Un libro cuenta con muchos guardianes.

En primer lugar, agradezco y agradeceré siempre a mi editora, Tracy Mack, que condujo este libro a través de mis muchas derivas y divagaciones. La historia y yo hubiéramos embarrancado de no haber sido por su guía reflexiva e infalible.

Gracias de corazón a los que llevaron de la mano a *Mañanaland* a lo largo del camino: el editor asistente Benjamin Gartenberg, la directora artística Marijka Kostiw, la editora Kerianne Steinberg, la editora de producción Melissa Schirmer y todo el plantel de publicidad y mercadotecnia, especialmente Lizette Serrano, Rachel Feld, Lauren Donovan, Elisabeth Ferrari, Emily Heddleson y Erin Berger. Y a Paola Escobar por sus impresionantes ilustraciones, un ¡mil gracias!

Los primeros lectores, mis cuidadores culturales, me dieron valiosos consejos. Gracias a la investigadora Jerusha Saldaña Yáñez, a Laura Carmen Arena, ex subdirectora de Asuntos Multiculturales en la Harvard Graduate School of Education, y a Andrés Aranda.

Siempre estaré en deuda con mi extensa familia de Scholastic por su apoyo y entusiasmo continuos. Un agradecimiento especial a todos los equipos de ventas a comercios y bibliotecas, así como a los libreros, bibliotecarios y docentes que les presentan mis libros a los lectores.